本能寺から始める信長との天下統一

HONNOUJI KARA HAJIMERU NOBUNAGA TONO TENKATOUITSU

常陸之介寛浩
イラスト／茨乃

お初

「さぁ、もう少し寝て下さい。
私もこうして温まりながら
見守ってますから」

「決めた。わたし、黒坂家に嫁ぎますぅ～」
弥美

本能寺から始める信長との天下統一 7

常陸之介寛浩

OVERLAP

目次

《あるかもしれないパラレルワールドの未来》

「常陸《ひたち》時代ふしぎ発見！」

大きな青々とした一本の大木・モンキーポッドを背景に、おなじみの歌が流れると、グループ企業６０９４社の社名が字幕で高速に下から上へと流れ映った。

『この番組は、世界の人々に平等の幸せ、便利と豊かさのお届けを企業理念とし、『自然』そして『伝統文化の保護』にも力を入れている世界最大企業、株式会社常陸技術開発研究製作所グループの提供でお届けします』

おなじみの番組スポンサーのＣＭが流れ、人気のクイズ番組は始まった。

「皆さんこんばんは、本日は来年から常陸技術開発研究製作所がスポンサーとなり総力を挙げて放送する大海ドラマとしては史上最長・毎週連続で5年間放送することが決まった異例の人物、常陸藩初代藩主・右大臣黒坂真琴《くろさかまこと》の謎に迫りたいと思います。本日の解答者は300回放送まで出場するとおっしゃっている白柳鉄子さんと野々町君、そして特別ゲストとして、大海ドラマに出演が決まった黒坂真琴の正室・茶々《ちゃちゃ》の方役、黒坂真琴御本人の幼なじみで飛ぶ鳥を落とす勢いのアイドルの久慈川萌香《くじがわもえか》さん。俳優として御活躍、森《もり》蘭丸《らんまる》役・結城智也《ゆうきともや》さん、森力丸《りきまる》役・高萩貴志《たかはぎたかし》さんです」

芸能界の生き字引的存在、年齢不詳の白柳鉄子さんと、これまた謎の年齢不詳、若くも見え年配にも見える野々町さんに挟まれた解答者席に座った3人をテレビは映し出していた。

「お三方は黒坂真琴、いや、黒坂真琴さんとは幼なじみだということでしたが、どういった印象をお持ちですか？」

マッチョなダンディー司会者が聞くと、

「弟のような存在でした。小学校低学年の頃、歴史の授業で同じ名前の歴史上の人物がいると、からかわれたときは泣いていました」

萌香が言うと、

「あっ、確かにあんとき泣いてたな。でも、俺たちが慰めたんだよな」

智也が貴史を見る。

「そうそう、むしろ妻が何十人もいる日本史史上最強ハーレムを持った男と同じ名だから羨ましいくらいだ！って言ってやったのを覚えています」

観客から高萩貴志に笑いの声と冷たい視線が入り乱れて送られていた。

「そんな貴志は3人目の妻を迎えるんだろ？」

「真琴には負けん」

「はぁ〜本当、男の子っていつまでも馬鹿みたいに競うんだから……」

久慈川萌香は懐かしむような目をして呟《つぶや》き、言葉を続けた。

「まさか、真琴君が修学旅行でタイムスリップ。本人がその右大臣だって後から知って驚きでした。でも、泣き虫だったけど強くて少しだけ不思議な力を持っていたから、今考えると納得します。女子には優柔不断だったのは感じていました。私にもアプローチしていましたが、あの修学旅行で同じグループだった佳代《かよ》ちゃんのことも好きだったみたいなので」

「本当、羨ましい真琴め！」

「やめろ貴志、これ以上は事務所から怒られるぞ」

「うっ……」

萌香はそれを横目に言葉を続ける。

「佳代ちゃんは真琴君のこと本当に好きだったみたいでタイムスリップの研究にのめり込

んじゃって」

「磯原《いそはら》佳代さんは今や世界的物理学賞を最年少で受賞するのでは？　と言われていますね。黒坂真琴のタイムスリップの謎を突き止めようとしている科学者として有名ですよね。一度、私の部屋にも来ていただきましたのでよく知っています」

白柳鉄子さんが補足をした。

「思い出は尽きないでしょうがクイズを始めたいと思います。お友達に日本史史上最強ハーレムと評価されてしまっている黒坂真琴の謎に迫って、時代ふしぎ発見！」

ベテランミステリーハンター竹外さんは、鹿島神宮の大鳥居に立っていた。

「本日は6回目の特集ということで、すでに謎はないのでは？　と思われるでしょうが、鹿島神宮の社殿の修復中にとんでもない物が発見されました。多くの妻、側室を持っていたとされる黒坂真琴、その家庭は意外にも円満だったと伝わっております。それを裏付ける物的証拠、それはなんと『夜伽《よとぎ》交代誓約書』。こんなとんでもない物が発見されるなど誰が予想していたでしょう。この約束があったからこそ、争いのない多妻制だったのかも知れませんね。さて、この誓約書はただの誓約書ではないのです。では、ここで問題です。この誓約書、夜伽を交代でするると約束しているわけですが、守らなかったら恐《こわ》い罰があります。それはなんでしょうか？」

ベテランミステリーハンター竹外さんは鹿島神宮の大鳥居の前から問題を出し、画面は再びスタジオに変わった。

「先日、夜伽を毎夜交代で務め抜け駆けはしないと約束した夜伽交代誓約書なる物が見つかりましたが、この誓約書、守らなかったらどうなるか？　という問題です」

マッチョなダンディー司会者が改めて出題をすると、解答者は司会者に質問をした。

「誓約書なのですから、何かを誓うわけですよね？」

白柳鉄子が尋ねるとマッチョなダンディー司会者がにこやかに、

「それを当てていただきます」

「針千本飲ます的なですか？」

野々町がとぼけ顔で言うと、

「それでは、答えを聞いているみたいではないですか」

マッチョなダンディー司会者は呆《あき》れていた。

そんな中、幼なじみの3人は早くも答えを書き始めていた。

白柳鉄子『腹を斬る』白マッチョ人形を賭ける。

久慈川萌香『神仏から罰を受ける』赤マッチョ人形を賭ける。

結城智也『出家して寺に入る』白マッチョ人形を賭ける。

高萩貴志『即身仏になる』白マッチョ人形を賭ける。

野々町『あそこを斬る』赤マッチョ人形を賭ける。

答えが出そろうと、マッチョなダンディー司会者は野々町に、

「あそことは？」

聞くと流石《さすが》にベテラン解答者、長年テレビに出続けるだけあって不適切発言はしなかった。

「男性器です」

スタジオにいる男性観覧者が皆下半身を思わず隠し青ざめていた。

「正解はこちらです」

ベテランミステリーハンター竹外さんに画面は移り、

「本日、この番組が世界で初めて公開することとなります。ご覧ください。この誓約書なんと、神文血判で書かれているのです。神文血判とは、約束を守らないときには神仏全てを敵にし罰を受け地獄に落ちるとされる誓約書なのです。陰陽師だったと言われている黒坂真琴らしいと言えばらしい誓約書ですね」

再びスタジオを映し出すと、マッチョ人形は久慈川萌香のだけが残され他の解答者の人形は消えていった。

「久慈川萌香さん大正解、他の方ボッシュート。いや、久慈川萌香さんは見事に当てましたが、お二方も流石幼なじみ、遠からずの答えでしたね」

「真琴は神仏を敬ってましたからね」

遠い目をして言う、高萩貴志。

「陰陽師としての力は本物だったので神仏は大切にしていましたね。夏休みや冬休みには山に籠もってましたから。その力を利用してなのかわかりませんが、ある祭りで馬が暴れたとき、真琴が呪文のようなものを唱えたかと思うと不思議と馬は静かになったんですよ。それを周りで見ていたよく知りもしない奴《やつ》らは『中二病』とか言って馬鹿にしてましたけどね。俺たちは知っていたので馬鹿にはしなかったんですが、あいつは空気を読むっていうのか、『茨城の暴れ馬』なんて訳のわからない、あだ名がつけられても笑っていましたよ」

結城智也も懐かしむように遠くを見るような目でカメラを見ていた。

しかし、日頃冷静沈着なマッチョなダンディー司会者が思わず身を乗り出した。

「おっと、ここでまさかの謎が解明されました！　これは番組史上初ではないですか？　まさか、スタジオで黒坂真琴七不思議の一つ、黒坂真琴が織田信長《おだのぶなが》に初めて名乗った名の謎が解明されるとは……」

いつもにこやかな笑顔で何事にも動じないダンディー司会者が驚いている。

それと同時に白柳鉄子も目を見開いた。

だが、幼なじみを呼んだこの番組は淡々と放送された。

このクイズ番組直後のニュース番組で、コメディアンでもある世界的映画監督が、

「いや〜高住君よくあの収録を隠し続けていたね！　びっくりでここで打ち上げ花火に火点《つ》けたいくらいだよ。あのドラマの監督は俺なのに聞いてないよ！」

「やめてください、たけみさん。スタジオが大変なことになりますから。さて先ほどの大航海時代を制したとされる『黒坂真琴』の七不思議の一つ『茨城の暴れ馬』についてですが、スポンサーの常陸技術開発研究製作所の意向で常陸時代ふしぎ発見放送まで箝口令《かんこうれい》が出されていました。本日は最初のニュースとして、この明るい不思議なニュースからお伝えしたいと思います」

名物局アナが明るく笑顔でニュースとして伝えた。

この七不思議の一つを解明という一連の流れは世界各国で報道され、それが話題となり20××年正月から放送が始まる大海ドラマ『萌《も》え萌《も》え副将軍』は世界で放送されることが決定した。

そしてその大海ドラマは、平均視聴率80パーセントというとてつもない数値を出す話題作となった。


そんなことを知るはずもない黒坂真琴は……。

第一章　右大臣昇進

1591年元旦、俺は側室達《たち》全員と茨城城天守最上階で初日の出を粛々と待っていた。

ラララ・リリリも例外ではない。

だが、太陽を年神・天照大御神《あまてらすおおみかみ》として拝むことは強要していない。

ハワイも太陽を神として崇《あが》める信仰はあるとのことで、その神として皆と一緒に拝むと言う。

ラララ・リリリ、何気に家族意識が強い。

協調性があると言うべきなのだろうか？

皆に合わせて珍しく着物を着ている。

赤く染められた絹で織られた生地に金糸銀糸でハイビスカスが刺繍《ししゅう》された艶《あで》やかな着物にモコモコの毛皮を首に巻いた二人は黒ギャルの成人式みたいで艶っぽい。

それに比べてなぜか鶴美《つるみ》はブルマ体操着とラフな服装、さらにルーズソックス。その姿で腰に手をやり胸を張って初日の出を待っている。

寒くないなら別に良いんだけどね。

俺はいつものごとく、黄色く染めた熊の毛皮に赤いベストを着ている。

「寒くないの？」

「平気よ、なんなら脱ごうか？」

「なぜに脱ぐ」

「だから、鼻に指入れようとするのやめてよね！」

鶴美と戯れていると、お初《はつ》に脇腹を小突かれた。

「痛いって」

「ほら、馬鹿やってないで、年神様が現れるわよ。明るくなってきた」

「ふふふふっ、お初様、御主人様らしいではないですか」

桜子《さくらこ》が微笑《ほほえ》みながら言うと、茶々《ちゃちゃ》達も同意の頷《うなず》きを呆れ交じりにしていた。

「でれすけ、その格好が好きならいくらでも着てやっかんね」

「姉様は胸が大きすぎて似合わないでした」

「ほら、あなたたちも、もう静かにしなさい」

お初に注意されると、小糸《こいと》姉妹が口を尖《とが》らしていた。

みんな可愛《かわい》いの～……。

茨城城の天守は東を見れば霞ヶ《かすみが》浦《うら》の先にかすかに太平洋の水平線が見える造りになっている。

そこから少しずつ空が赤く染まっていくのを眺める。

暗闇から明るい世界に変わる。

水平線から少しずつ顔を出す太陽は神々しく、太陽という物が科学的にどのような天体で星の一つでしかないと知っている俺でも、神秘な物として拝むのは、地球に生きる生物は太陽のおかげで命がある、そう思うからでもあった。

初日の出を拝み終わると時刻は7時30分を過ぎたくらいで武丸《たけまる》達も目を覚ました。

皆で長囲炉裏《ながいろり》がある食事の間に座る。

「改めて、新年おめでとう。冷めないうちにいただこう」

ジッと見つめる武丸の無言の「早く食べたい」という視線はもの凄《すご》く強く、押し負けて挨拶は短くし、食べ始めた。

わせわせと小さくちぎられた餅を食べる武丸の手を慌てて止める茶々。

「武丸、それはちゃんと噛《か》んで飲み込んでから次のを口に入れなさい。喉に詰まらせますよ」

「あにうえ様、お正月から怒られてる」

彩華《いろは》は武丸が怒られているのを嬉《うれ》しそうに指さし、仁保《にほ》は縛られた昆布を隣で静かに解《ほど》いていた。

なぜに解く？

うちの元旦は精進料理だ。

肉の解禁を朝廷から出させたが、年に数日、食肉をせず、生き物へ感謝する日が法で決められた。

元旦はそれには含まれないが、うちは法の手本となるよう少し厳しく、食肉をしない日を多く設けている。

台所の手伝いをしている学校の生徒から巷《ちまた》に噂《うわさ》が広がるだろうことを想定している。

精進料理、なんともはや？　と、思うかもしれないが、うちの料理で鍛えられた桜子達は豪勢な料理を作り上げてくれる。

野菜たっぷりけんちん汁風お雑煮がメインだったが、野菜や干し椎茸《しいたけ》の他に秋に採れた茸《きのこ》を乾燥させて保存した物を大量に煮込むと出汁《だし》が出て大変コクがあり美味《うま》い。

小糸姉妹が採る謎茸が含まれている。

毒はないだろうが、やたら変な色をしているのはやめてほしい。

ララ達は薄味を好むが、自然の甘みとうま味が口に合う様子。だが、餅には悪戦苦闘していた。

そう言えば、『餅』は世界一危険な食べ物とか俺の育った時代に外国で噂されたそうだが、日本人の餅好きは遺伝子に組み込まれているのではないか？

茶々と戦いながら食べる武丸を見ていてそんなことを思いながら楽しく食事をした。

「私、初めて正月を黒坂家《くろさか》で迎えるけど、本当に面白いわね」

「楽しければそれで良い。あまり形にはとらわれない。それがうちだからね」

そんな感想を漏らしていた鶴美のブルマ体操着姿で食事を摂る方が面白いと思うが気に入っているのだから黙っておこう。

やたらと似合っているし、ブルマ好きだし。


そんな朝食を済ませムッチリとしたラララの膝枕で休んでいると、

「御大将、安土《あづち》より御使者が来ております」

力丸《りきまる》が走ってきた。

「新年早々、なんだろう？　すぐに大広間に通して」

「大納言様忙しいでありんすなぁ」

もうなんでラララは花魁《おいらん》言葉に進化し続けるんだよ。

誰が教えているんだよ！

着替えて広間に向かおうと急ぎ仕度をしていると、城中に響く大きな声が？　えっ？

「ごしょうし～ん、ごしょうし～ん」

大声で叫びながら廊下を進んできた、聞いたことのあるトレンディー俳優っぽい声。

執心？　就寝？　……終身？　何事？


広間に出向くと珍しく俺は下座に座ることになった。

安土からの正式な使者なのだから、そのような着座位置になる。

使者の顔を見ると終身刑などと言うはずもない、和やかな顔をしている前田利家《まえだとしいえ》。

「上様、太政大臣《だいじょうだいじん》・織田信長公、左大臣征夷大将軍《せいいたいしょうぐん》・織田信忠《のぶただ》公連名の上意を読み上げます。上意、大納言黒坂常陸守《ひたちのかみ》真琴《まこと》、従二位右大臣に任ずる」

「へっ？　右大臣？　遂《つい》に大臣！」

俺の官位官職肩書き大好きを知る織田信長なら、いつの日か与えてくれるだろうと思っていたが、こんなに早くになれるとは。

お祖父様《じいさま》、俺はどうやらお祖父様の願いを叶《かな》えられたようです。

総理大臣という役職は存在しないので、右大臣でも良いですよね？

立って偉そうに上意を告げた前田利家はストンと勢いよく腰を下ろして、

「堅っ苦しいのはここまで。おめでとうございます、常陸《ひたち》右府様」

少し固まって顔を引きつらせている俺に、肩を叩《たた》いて喜びの笑顔を見せてくれた。

そのキラキラと輝く笑顔はまさにトレンディー俳優のようだ。

正月に相応《ふさわ》しい笑顔。

後ろに控えていた力丸と茶々が、

「おめでとうございます」

「真琴様、おめでとうございます」

喜んでくれていると前田利家は、

「あと、下野守《しもつけのかみ》殿も昇進で正四位下参議、茶々の方様も従三位中納言に任じられたことをお伝えいたします」

織田信長《おだのぶなが》の黒坂家好待遇は続いていたのね。

他にも、

お初・従五位下少納言
前田慶次《けいじ》・従五位上《じゅごいじょう》 右衛門佐《うえもんのすけ》
真田幸村《さなだゆきむら》・従五位下治部少輔《じぶしょうゆう》
柳生宗矩《やぎゅうむねのり》・正六位上右近衛将監《うこんえのしょうげん》

異例の官位の任命が伝えられた。

森《もり》力丸は名目上は俺の目付役のため直臣ではなく織田信長の家臣、そして、茶々は俺の留守を代理として守ることが多い。

その二人の官位が上がるのはあり得るが、俺の重臣達にも官位が与えられるのは異例だ。

理由を聞けば単純で、国力を上げる働きに報いるためだそうだ。

うちの重臣達の働きがモデルケースとなり幕府の政治に取り入れられている。

学校運営のほか、女子達も鍛え、中には男に勝る腕を持つ兵に育てるお初、大きな町を上手《うま》く取り回し、人身売買を厳しく取り締まりながらも色町を成功させた前田慶次、言わずもがな、農業改革に大きく貢献している真田幸村、そして、一流の剣士を育てあっちこっちに師範として送り出す柳生宗矩。

その全てを幕府は取り入れている。

国力増強の評価としては当然だろう。

意外と織田幕府会社はホワイト評価。会長・織田信長は恐ろしいけど。

「ありがとうございます。謹んでお受けいたし家臣達に伝えます」

礼を言うと、

「上様は、こうおっしゃっていました。『常陸は領地を増やすより官位官職のがありがたがるからの。単なる肩書きですらない形ないものなのに変わったやつよ』と、どこか領地を御加増するおつもりだったみたいですが、あまり喜ばないだろうと。『だが、家臣はそうとは限らん。領地を与えてやることも出来るが常陸から独立した大名になってしまう。そこで官位を授ける』と。上様は官位授与の権限を朝廷から剝奪したので、最早《もはや》形式的な肩書きでしかありませんけどね。これで少し家臣達《たち》を労《ねぎら》うことが出来れば不満も出ますまい。慶次がそれに見合う働きをしているのが未《いま》だに信じられませんが、常陸右府様とは余程馬が合うのでしょうな」

「慶次にはやりたいこと、なくしたいことを伝えて、あとは自由にさせていますから」

織田信長、織田信忠はどんどん朝廷の権限を奪い、権威をなくそうとしている。

だが、締め上げるだけではなく、朝廷直轄領を定め帝《みかど》の懐具合だけは良くしている。

飴《あめ》と鞭《むち》の政策。

「俺は領地はもうほんと十分ですから。家臣達には領地は増やせていないけど、その分は給金として毎年増やしているんですよ」

俺はもう領地はいらない。

統治できる限界だと思っている。

俺の領地『常陸国』・茨城県、千葉県南部。そして実質的な支配地である森力丸領地の下野国・栃木県。なんだかんだと真田幸村を通して開発の意見を聞いてくる真田昌幸《まさゆき》の上野国《こうずけ》・群馬県。それと同じく奥羽の伊達《だて》政宗《まさむね》と最上義光《もがみよしあき》も意見を求めてくる。

それに暖かくなったら、また行く予定の樺太《からふと》。

幕府の政治にだって携わっている。

様々な書類に目を通すので、いっぱいいっぱいだ。

俺にとっては領地よりも昔から憧れている官位官職の方が良い。

変わっているのは自覚しているが、子供の頃の憧れはそう簡単に変わらないものだ。

『こちらにおわす方は先の中納言水戸《みと》光圀《みつくに》公なるぞ』

その決めぜりふが脳に刷り込まれて育った。

とっくに中納言は通り過ぎたが。

家臣達の領地を増やすと直轄地が減ってしまうため与えることは難しいが、その代わりに自由度が高く安定して入ってきている現金を給金として払っている。

そのことに今のところ不満は出ていない。

「私達が手伝うと言っているのに」

「それでは益々《ますます》茶々《ちゃちゃ》達が忙しくなるじゃん」

「それより松《まつ》が変わった城だと褒めていましたが本当に面白い。これが噂の萌城《もえ》ですか？　誰よりも傾いている装飾だ。いや、うちの利長《としなが》が喜びそうだ。目にしたら真似《まね》をしだしそう。わははははははははっ、考えただけで笑いが出てしまう。わはははははははっ」

今更ながらに前田利家は大笑いをしながら感想を言った。

そんな前田利家とこの晩、精進料理で祝宴という変わった宴会が開かれた。

しかし、コロッケや野菜のかき揚げ天ぷら、こんにゃくステーキなどで前田利家は、

「やはり黒坂家へ使者に来て良かった。美味いものが食えると皆が進んでなりたがってい

たが、私は黒坂家と昵懇《じっこん》ですっと公方様《くぼう》に言ったら拝命されたので良かった良かった。また坊丸《ぼうまる》に役を取られるところでした。なっ千世《ちよ》、ここなら美味《おい》しい物食べられるな？」

千世を膝の上に座らせ、上機嫌の利家。

父親との久々の再会に甘える千世。

「父上様、お菓子も美味しくて毎日ほっぺたが落ち続けてますよ」

「そうかそうか、良いところに嫁に来たな」

「はい」

「うぉぉぉぉぉちょっと待った！　勝手に既成事実をでっち上げようとしないで！　びっくりしたよ。も～う」

「ぬはははははっ、ばれましたか。しかし、千世をこんな大きく立派に育てていただきなんと礼を言えば良いか。聞けば風邪のときには御側室様手作りの薬を調合していただいたとか。本当に大切にしてくださってありがとうございます」

「まあまあ礼など良いので飲んで下さい」

上機嫌で盃《さかずき》を持つ手が止まらないようだ。

「酒に実に合う料理、美味い美味い。松が肥えて帰ってきたのも頷《うなず》ける」

「そう言って貰《もら》えると嬉《うれ》しいですね。家族の料理の腕を褒めていただいているのですから」

桜子《さくらこ》達の料理は千世や与祢《よね》を丈夫に育てている。

風邪などにかかっても小糸《こいと》姉妹が苦い漢方を飲みやすく工夫し、二人に処方。すぐに元気になり城や学校を走りまわる。

「今宵《こよい》は飲みましょうぞ。語りましょうぞ。伊達殿ばかり可愛《かわい》がっておらずに、うちの息子達もよろしく頼みますぞ！　安土に来たついでに播磨《はりま》に寄って利長に噂《うわさ》の剣を教えてやって下さい。松に料理の手ほどきも」

酔った前田利家は少し絡み酒になり始めていた。

前田利家の跡取りって確か、加賀《かが》の文化向上に貢献しているのだけど、俺と会って大丈夫なのだろうか？　と、自分でも少々気になっている。

きっと大丈夫なのだろう。

そう信じよう……。

「加賀様、お一つどうぞ」

小糸がお酌をした酒を飲み干すと前田利家は寝落ちした。

「小糸〜前田殿の酒に何を入れた！」

「私がいつも船で飲んでいる薬を改良したもの、心配ないかんね。明日の朝にはすっきりお目覚め」

「父上様飲み過ぎ、いい薬」

小糸とハイタッチをする千世。それで良いのか？

次の朝、本当に何事もなかったように目覚めた前田利家は凍る袋田《ふくろだ》の滝を見に行きたいと、嫌がる慶次を無理矢理引っ張り出して向かった。

◇◆◇◆◇

《前田利家と前田慶次》

「う～さぶっ、うちの大将じゃないけど冷える。こんな山奥の凍った大滝が見たいって叔父ごも物好きよ」

「ぶつくさと文句ばかり言ってないでしっかり案内せい。宿で酒おごってやる」

「無茶言うなよ叔父ご。俺だってこっちになんて用はないから来ないのに」

3人は茨城県大子町《だいごまち》にある袋田の滝を目指し馬を進める。

利家の馬には、千世も一緒に跨《また》がった。

久しぶりの親子の時間。

「父上様、こっちはね～与祢ちゃんの父上様が街道造りで来ているですよ。伊達様が治める郡山《こおりやま》ってとこに向かう街道を造ってるって聞いたですよ。先に先に延ばして最上様の領地まで馬車で行き来出来るようにするって」

「山内一豊《やまうちかずとよ》殿か。あのお方も槍使《やり》いで中々の腕なのに、よく道造りなどに勤《いそ》しんでいられる」

「はははははっ、叔父ご、槍や刀は最早戦場ではなんの役にもたたないって、うちの大将が見せつけてしまったからな」

「火縄銃に大砲、それにあの船。時代は変わったな。上様と武田《たけだ》が戦った長篠《ながしの》の戦いのときにも思ったが、それをも上回る」

「山内殿は戦働きはもうないと見ている。それに奥方が国を富ませようと必死なうちの大将の考えに共感が強い。それにあの一件」

「山内殿の地震の噂も松から聞いている。奥方と娘が助かったと。山内殿はその恩義を返す律儀さもあるのだろうが、奥方の尻に敷かれているのか?」

「あぁ、叔父ごが松に敷かれているように」

「俺は敷かれてなどおらぬ。なぁ、千世、そうだよな?」

「ん〜母上様のほうが強い」

「あはははははっ、ほら見ろ、叔父ご」

「あ〜みんなして笑いものにして。ほら、それより道は合っているのだろうな、慶次《けいじ》」

「多分」

「どうしてお前はいつもいい加減なんだ」

「だから〜来たことないもんはないの！　とに無理言うなって。こんなところに来たかったら先に言ってくれよな！　奥久慈の者も学校にいるから引っ張って来たのに……ほら、御大将の地図では、もうすぐ袋田温泉郷のはず」

手勢を連れた3人は、山内一豊が整備する太い道で迷うことなく袋田温泉郷に到着した。

3日ほど逗留《とうりゅう》して凍る袋田の滝と、条件が整ったときにしか見られない久慈川の特別な光景、川面《かわも》に咲く氷花《しが》に言葉に言い表せられない感動を覚え、前田利家《まえだとしいえ》は帰路についたそうだ。


「常陸《ひたち》様、父上様達と凍る大滝見てきたよ。凄《すご》かった。あとねぇ〜川に浮かぶキラキラした氷の花が綺麗《きれい》だった」

茨城城に帰ってきた千世が真っ先に俺のところに報告に来た。

素直な感想であることが目をキラキラさせていることでわかる。

「そうか、凄いだろ。常陸国自慢の大滝だかんね。って、おっ、氷花見られたのか、良かったな、あれは中々見られないから幸運なんだぞ」

「今度は夏に行きたいです。連れてって下さい」

「はいはい、千世は中々おねだり上手《うま》いな」

正月休み明けの学校で、千世が目を輝かせて一生懸命背伸びし手を広げて、

「こ～んなに大きい滝が凍っていたの」

友達に自慢している姿を見る。

本当に可愛いな千世。

それにしても俺が育った時代では中々全面凍結しないが、この時代なら毎年するのかな？　寒冷期近いし。

来年にでも皆で見に行くよう計画するか。

◇◆◇◆◇

正月は15日まで仕事を休む。

率先して休んでいるところを見せることで、家臣達も家でゆっくりさせようと思って、ゆっくり休む。ただ、ひたすら休む。

茶々の膝枕で昼寝をしていると、武丸達《たけまるたち》はタロジロの散歩に出かけた。

「子供は本当に育つのが早い、もう立派に散歩にも自ら行くのですから。そうそう、真琴《まこと》

様、そろそろ政道《まさみち》の縁談を考えてあげたらいかがですか？　幸村《ゆきむら》と宗矩《むねのり》は決まったのですから。御自分の側室ばかり増やさずに」

　俺の頭撫《な》でながら言ってくる茶々。

「あっ、ごめん、まったく気にしてなかったけど、独身だったの？　イタタタタ、頭を鷲《わし》掴《づか》みするのやめて。毛が抜ける〜」

　俺の頭を小さな手で一生懸命鷲掴みする茶々。爪がめり込みそうだ。

　俺が家臣の家族事情を気にしていないことに茶々は、

「少しは気にしないと家臣の心が離れてしまいますよ。政道には学校からしかるべき者を選んで私達の養子としたうえで嫁がせるようにしたいと思いますが、よろしいですね？」

「気をつけます。嫁取りはお見合いだね？　それとも宗矩みたいに一目惚《ひとめぼ》れとか？　どちらにせよ両人がそれを了承するなら、もちろん許すよ。俺は茶々との約束通り学校の生徒に恋愛感情は持たないようにしているし手出しはしない。だからあまり深く関わらないようにしている。好みなんてさっぱりわからん。顔と名前だって一致しないくらいだ。生徒達に詳しい者が希望を聞いて政道に嫁ぎたいと言うならそれで構わないよ」

　すると茶々は突然俺の耳にふーっと息を吹きかけ、

「真琴様のそういう、約束を守るところは好きですよ」

　耳元でささやいた。

ゾクゾクッとしたので、うつ伏せとなり第二波のむず痒《がゆ》いささやきから逃れようと太ももの隙間に顔を埋《うず》めるとタイミング良く、

「あ～マコと姉上様、昼間っから始めようとしてる」

お江《ごう》が襖《ふすま》を開けて入ってきた。

「お江、昼間っからしませんわよ」

「昼間っからやろうとはしてないから」

「ふ～ん、今夜は私の番なんだから子種残しといてよね」

お江は頬を膨らませ睨《にら》んでくる。

やはり最近お江は、お初《はつ》に似てきている。

少し恐《こわ》い。

いや、小糸達に吹き矢に仕込む劇薬を頼んでいるお江が家族で一番恐い気がする。

流石《さすが》に殺されることはないが、怒らせたら痺《しび》れさせられ、なにか悪戯《いたずら》をされそうだ。

話を家臣の嫁取りに戻すが、真田《さなだ》幸村にはあおい、柳生《やぎゅう》宗矩には緑子《みどりこ》が学校の生徒の中から既に嫁いでいる。

そして、伊達《だて》政道には朱梨《あかり》という娘が見合いで意気投合したので、俺達の養女になったうえで祝言が決まった。

この立て続けに家老職にある者に身分低き出身の生徒が嫁いだことは、常陸国立茨城城

女子学校の格を一気に上げるきっかけとなった。

身分が低い出身でも真面目に学び働けば俺の養女として黒坂《くろさか》家重臣の家に嫁げる。

さらに入学希望者が増えた。

しかし、重臣で未婚者は他には？　力丸《りきまる》は何気に妻帯者で、桜子姉妹と同じ店から助けられた者がうちと同じような上下ない関係で側室になっているし、ん？　義康《よしやす》くらいか、独身は？　しばらくして、お初に生徒達の噂を聞かされた。

「前田慶次の嫡男の正室をみんな狙っているのよ」

「あ～正虎《まさとら》か……正虎にも役職をちゃんと与えないと。彼も治安を守るのに活躍しているのは裏柳生見回り組から聞いてるよ」

「みんなそれを見越しているのよ。良い男だし」

前田慶次の嫡男・正虎は慶次の手足となり城下の治安を守る役目をしている。

黒坂家家老筆頭前田家跡取りとして申し分のない働き。

さらにもの凄く真面目で宗矩と馬が合うらしく、道場にも通い日々稽古で竹刀を鳴らし、夜はそろばんを鳴らしているそうだ。

そこは前田利家を見習ったのかな？

後日、登城を命じ、

「前田正虎、霞ヶ浦《かすみがうら》奉行を命じる。霞ヶ浦の水運安全確保と漁の管理をし、魚が枯渇しないよう働いてくれ、3000石を与え直臣扱いとする。また、学校の生徒と見合いをし、お互いに良いと思う者がおれば我が養女とし嫁がせる」

「ありがたき幸せ。お役目しかと全ういたしますが、町の治安は今後は？」

「心配ない。お初付きの守備隊も増え育ってきたからそちらを回す」

「はっ、それならば安心して町を任せられます」

正虎は慶次に似ず細かな男で、自分の後任のことまで心配した。

守備隊から取り立てた東住《とうずみ》姉妹の他にも有能な生徒が育っているので、慶次の与力に回すことにする。

俺の領地では女性だからといって侮る者は『恐い物知らずの阿呆《あほう》』と言われる。

鍛錬しすぎて強すぎるから、お初やお江、そして梅子《うめこ》が良い例だ。

慶次の与力とした女子達には抱《だ》き沢瀉《おもだか》の家紋入り深紅の半被《はっぴ》を着させ、5人1組で見回りをするようにさせた。

様子を見にお江を連れ少し町に忍び出てみると、恐いだけではない華やかな見回り組となり絵になっていた。

「ねえねえ、マコ、なんでわざわざ目立たせるの？」

「ん？　犯罪は未然に防げば被害者も加害者も出ないだろ？　物陰から忍んで起きている犯罪見て取り締まるって、なんか腑《ふ》に落ちないんだよ。物盗りとかなら町に見回り組がいるだけで嫌がるでしょ？」

「確かにそうだけど、悪者はみんな捕まえて殺しちゃえば良いのに」

裏の顔をチラリと見せ小声で言うお江。やはり恐い。

スピード違反や一時停止違反を物陰で待ち構えている未来の警察の手法に疑問符を持っていた。

事故が起きやすい場所だから取り締まりをしているのはわかる。だったら赤色灯を光らせたパトカーや白バイを配置していれば、運転手は減速をし、一時停止だってする。

防犯カメラで捉えるのが難しい満員電車の痴漢だってそうだ。

警察官ではなくても、警察学校の生徒や定年退職した警察官に制服を着せ、通勤時間だけでも乗せておけば抑止効果はあるだろう。

威圧が強い抑止力は強権政治となってしまうが、実際、路地の防犯カメラや、車載カメラの普及は抑止力として犯罪防止に大きな成果をあげた。

防犯カメラの代わりが今なら人の目、見回り組だ。

「ふぅ〜ん、まぁ〜マコの領地だからマコに従うけどね」

「あっ、色町のことは慶次に任せていることだから彼女達には近寄らせないようにね」

「は〜い、姉上様に言っておくね。マコが忍んで行きたいから目をつぶれって言ってたって」

「お江、頼むから変なことをお初に吹き込まないで。お初のお叱りは痛いんだから」

お江はケラケラと相変わらず悪戯っ娘《こ》の顔を見せていた。

◇◆◇◆◇

《最上義光《もがみよしあき》》

なに、小次郎《こじろう》政道が右府様の養女を嫁に……益々《ますます》伊達と絆《きずな》を強くするか。

樺太《からふと》にも政宗《まさむね》を連れて行ったとか、義康は何をしておる？　このままでは伊達ばかりが力を付けてしまう。

せめて義康が右府様の衆道となれば、いや、お駒《こま》を右府様の側室に致せば最上も安泰なのだろうが、右府様は側室に迎える姫の年齢を大層気にしておられる、お駒はまだ10歳、あと5、6年は貰《もら》っていただけぬだろうな……。

やはり義康を頼りにするしかあるまい。

一筆書かねば。せめて常に御側《おそば》に置いて貰えと。

あやつは姫にも間違われた顔立ち、側に置いても不愉快な思いはしないはずなのだが。

この絵にもどことなく似ているはずなのに。

そう言えば、右府様から絵を贈っていただいた大名は少ないと聞いた。

最上はその数少ない大名。

軽んじられているわけではないのだろうが、右府様のお心はようわからん。

ん？　義康から近況の手紙か。何々、柳生新陰流《しんかげりゅう》に次いで黒坂家御家流剣術と定められた鹿島神道流の師範・真壁氏幹《まかべうじもと》殿直々に棒術の手ほどきを受けているのか。すると成長を待っているのか右府様は？

ならば、義康には『一撃で大熊を討つことが出来るくらいになれ』と付け加えるか。

この羽州探題を最上が受け継いでいくには右府様の御力が必要不可欠。

いかにして最上が縁を深めるか考え続けると、頭が痛くなる思いだ。

◇◆◇◆◇

耐熱煉瓦《れんが》製作のために多くの陶芸師を雇い入れた笠間《かさま》城城下町。

勿論《もちろん》、陶芸師集団なので耐熱煉瓦だけでなく陶芸も盛んな陶器の町として発展し始めている。

そんな中、狩野永徳《かのうえいとく》が笠間で焼かせた陶器を献上すると登城してきた。

俺ははっきり言って陶器とかには興味が薄い。

あの信長《のぶなが》から貰った曜変天目茶碗《ようへんてんもくぢゃわん》のありがたみもわからない。

ただ、未来で国宝となっていたから高い物だとはわかっていたが。

しかし、直臣・狩野永徳が陶器への絵付け指導も始めたとのことなので見ないわけにもいかないだろう。

これから売り出し、当家の収入源となるかも知れないのだから。

その陶器は広間に並べられているという。

茶々《ちゃちゃ》とお江と鶴美《つるみ》も非番なので見ると一緒に広間へ。襖を開けるとそこに並ぶ陶器は異色の物ばかり。

「美、美、美少女が描かれているだと─────────!」

並べられた大皿から小皿、茶碗、おちょこ、徳利《とつくり》などの陶器およそ80点にはすべてに萌《も》え萌《も》えな美少女が描かれていた。

その中でもひときわ目立っている車のハンドルほどの大皿には、茨城城の大手門・鉄黒漆塗風神雷神萌《もえ》美少女門が詳細に描かれている。

風神雷神化した、レ○・○ムだ。

「これは良いぞ。これは大広間の床の間に飾ろう」

興奮して見ていると、

「やめてください。せっかくあの冷酷な目線になる飾りを廁《かわや》へ移せたというのに」

茶々は冷たく言った。

「え〜、姉上様、可愛《かわい》くて良い皿ではないですか？」

お江は萌えの理解者だ。

「もう、いっそのこと、帝《みかど》に御献上なされたらいかがですか？　真琴《まこと》様が伝授したお料理を盛り付けるお皿として」

「おっ、それ良いな。すぐに手配してくれ」

すると茶々は大きくため息をついた。

「はぁ〜本気にするとは……あぁ〜失敗した。真琴様はそういう人でしたわね。御所にこれが……頭がクラクラしてきたわ」

「あはははははっ、姉上様、大丈夫〜？」

お江は大うけして大笑い、鶴美は驚きのあまり言葉が出せずに固まっており、しばらく見つめ続け、

「こんな焼き物、間違ってる！　こんなの帝に贈るなんて信じられない！　私、どうなっても知らないからね！　北条《ほうじょう》は巻き込まないでよね！」

逃げ出してしまった。

仕方がない。

カルチャーショックというやつなのだろう。

「しかし、永徳、よく俺がこういうのを欲しているとわかったな？」

「殿が樺太に行っている間に上様が耐熱煉瓦を視察に来られ、ついでに茶器を目にして行かれたのですが、絵付け職人にこのような物を作れば喜ぶぞと教えていただいたので、作ってみた次第にございます」

「うん、これは良い。常陸《ひたち》萌陶器と名付ける。これを作り世界に輸出しようではないか」

「御意。つきましては絵師として学校のほうから生徒を雇わせていただきたいのですがよろしいでしょうか？」

「勿論だとも。絵師としての道を希望する者を募って笠間に送るってか、土浦城の職人学校は笠間に移すよ。そのことも狩野永徳を奉行として任せる。職人をしっかり大切に育ててくれ」

「はっ、かしこまりました」

土浦城の職人学校の生徒をそのまま笠間に移して、人数が増え続けている女子学校の第二校を土浦城に作るよう命じた。

さらに女子生徒にも希望を聞くように茶々に任せると、その道に進みたいという者が女子学校を卒業していった。

「この天女が美少女化している絵が描かれた茶碗は信長様に献上する。この狸《たぬき》を美少女化した皿は三河守《みかわのかみ》に送ってあげよう。あっ、この鶴が美少女化している小皿のセットは加《か》賀前田殿《がまえだ》にと、ん～この龍が美少女化した大皿は伊達《だて》政宗かな、生き生きとした鮭《さけ》を持つ美少女が描かれている徳利は今年も新巻鮭を送ってくれた羽州最上殿に送る。手配してくれ」

指示をすると顔を真っ青にしてメモしている茶々。

具合が悪いのかなと聞くと、黙って首を振りそうではないと言う。

お江《ごう》は、

「私、これ貰っていい？」

美少女化した熊が描かれた茶碗を持っている。

「おお、好きなの選ぶといい。どれでもあげるよ」

「大丈夫。これだけでいい。冬のマコみたいで可愛いから。永徳ちゃん、これ男子も描けない？」

「もちろん出来ますが」

「じゃあ、マコに似ているの描いてよ」

「御意」

お江は良いセンスを持っているな。

「あ～もう、お江まで！　いい加減にして下さい」

「お～いきなりどうした、茶々」

「私は冗談のつもりで贈れば良いと申したのに、これでは常陸国の焼き物全てが真琴様の好みの物になってしまうではないですか」

「だったら茶々は伝統的な茶器を作らせる窯を作ったら良いじゃん？」

「私専用の窯？」

「伝統的な絵も大切にしたいとは思うよ。でも、俺の好みは美少女が描かれた物だから。絵付け職人だって色々な好みを持っているでしょ？　別に俺の領地だからって決まった焼き物にしなくて良いよ。ただ、売り出す物を作る藩の窯は俺の好みを中心に作るけど」

「良いでしょう。私の化粧料で賄って作らせます。私好みの茶器を焼く者を私の家臣として雇いましょう」


この後、常陸萌陶器は世界で旋風を巻き起こすことになり、茶々が作る陶器は平成時代に見た笠間焼として進化するのを後に知ることになる。

そして本来の目的の耐熱煉瓦。

梅の咲き出した頃、俺はまた、茨城城下の少し離れた開けた土地で耐熱煉瓦試験の検分をしている。

今回で14回目の試験となるらしく完成が近いという。

そんな試作のミニ反射炉からはすでに煙がもくもくと出ている。

「石炭を入れろ。風をもっと送れ、もっとだ」

この反射炉製作の指揮を執っている国友茂光《くにともしげみつ》が指示をしている。

どんどん燃え上がる石炭の熱は広い荒野を温めている。

「殿様、成功です。この炎の色なら鉄は溶けます。やっと出来ました」

耐熱煉瓦で造られた反射炉の中では石炭が赤々と燃えていたが、煉瓦は耐え続けヒビ一つ入らない。

この熱なら鉄はドロドロに溶けそうだ。

実際、入れられた鉄鉱石が赤々と溶けて流れ出てきた。

試作はこの日、成功した。

「みんな、よく作ってくれた。これは日本にとって大きな一歩になるぞ。いや、世界に一歩抜きん出たはずだ。すぐに実際に使う反射炉の建造を開始してくれ、だが今日は祝宴ぞ」

皆は肩を叩《たた》き合ったり抱きしめ合ったりして喜んでいた。

反射炉が完成すれば製鉄生産量は一気に上がり、武器・船の生産が増える。

また、農機具だって安く鉄化出来る。

スコップ、鍬《くわ》、それに牛に引かせて畑を耕す大きな道具だって大量に作れる。

そうなれば、恩恵が回って生活は向上する。

反射炉の成功は産業革命へ一歩近くなったと俺は歓喜した。

茨城から世界を変えてやるぞ！

◇◆◇◆◇

《茶々》

ふぅ〜樺太《からふと》に帰る輸送船に載せる食料、農業改革に使う石灰やら軽石、それにドーム型の住居のパネル輸送、だいたい手配が済んだわ。

真琴様が北海道・樺太と名付けられた土地から干し昆布や棒鱈《ぼうだら》、獣の皮や樹皮で編まれた丈夫な生地、そして砂金が届いたので帰りの船に載せる荷を手配した。

そうそう、真琴様と契りを結んだ娘にも荷を届けさせましょう。

どのような暮らしをしているのかは不明ですが、右大臣黒坂《くろさか》真琴と契りを結んだ娘が困窮した生活をしているとなればすぐに噂《うわさ》になってしまいます。

それではアイヌの方々を大切にしたいと言っている言葉は上辺だけのことと思われてし

まうでしょう。

そうならないようにしなくてはなりません。真琴様の尻拭い……。

まっ、それが私の役目なので仕方ないことですが……？

「どうしました？　武丸《たけまる》」

「母上様、タロとジロをくれた人に御礼《おれい》送ってください」

武丸が珍しく頼み事をしてきた。

余程タロとジロを気に入ったのでしょう。

「はいはい、大丈夫ですよ。今それを今井宗久《いまいそうきゅう》殿に頼むところでしたので」

「母上様、ありがとうございます」

さて黒坂真琴からの贈り物だとわかるように抱《だ》き沢瀉《おもだか》の家紋入り長持から手配しなくては……。

◇◆◇◆◇

城内で武丸は綿が詰められた玩具《おもちゃ》の刀を振り回し、彩華《いろは》と仁保《にほ》は、お人形遊びを始めている。

子供達《たち》の成長は早い。

見ていて飽きない。

よくよく見ていると彩華と仁保が遊んでいるお人形が残念なほど可愛くない。

能面みたいな顔。

俺の美的感覚に反する人形だ。

夜中に見たら動き出すような無表情の怖い顔。

俺は、絵筆を執る。

それは女子高生でありながら創造神なのでは？　美少女と、自称宇宙人美少女と、自称未来人美少女だ。

それを子供達向けとして服を脱がされても良いように、スクール水着を着せた状態のを描いた。

狩野永徳《かのうえいとく》の人脈を使って、人形作りの匠《たくみ》を呼んでもらい作らせる。

大きさは身長30㎝ほど。

それに合わせてうちの学校の生徒に色々な服を作らせる。

そう、着せ替え人形だ。

人形は2ヶ月もすると完成した。

うちの芸術分野は妥協を許さない。

長が左甚五郎《ひだりじんごろう》、副長が狩野永徳なのだから、人形師もそれに見合うレベルだ。

全身可動人形が完成すると、彩華と仁保はそれで着せ替えをしながら、おままごとを始めた。

「父上様、服替えられて楽しい」

「ありがとうございます。父上様」

創造神、宇宙人、未来人。

それを武丸が羨ましそうに見ていたので、自称普通地球人と自称超能力者の男の子も作らせると、武丸も交ざって遊んだ。

そこにタロとジロも参加させられるおままごとはシュール。

子供達のおままごと遊びは別に良いのだが、作らせた人形が学校の生徒達を通じて人気になり増産が開始され、一大産業になって出荷が始まってしまった。

ごめんなさい。

日本人形が廃れてしまった。

フィギュアが主流となってしまった。

ん～マズい気がするが、売れるのだから仕方がないだろう。

いくら余力はあると言っても何かと出費は続いている。

あっちこっちの寺社に寄進したり築城したり、そして樺太支援の食料も考えないとならない。

現金収入最優先。

市松人形さようなら。

そんなことを思っていたある日、寝室に向かうと先に夜伽《よとぎ》の仕度を済ませて待っていた鶴美《つるみ》が、

「常陸《ひたち》様、私は昔ながらの人形のほうが好きです」

鶴美は市松人形の髪を櫛《くし》で梳《と》かし大切そうに手入れをしていた。

「あ〜特別な気を感じる鶴美の人形かぁ」

「特別な気？　母上様の髪を使っているからかな？　病になってすぐ母上様がご自身の髪を使って作らせたの」

「え？　じゃ〜俺って鶴美の母親が見守っている中、鶴美を抱いていたの？」

「そうなるわね」

「それは衝撃的な事実なんだけど」

鶴美は床の間にそれを大切そうに置くと、一気に服を脱ぎ捨て、

「さぁ〜始めましょう。やっと気持ち良くなってきたんだから！」

「ね〜その人形、目隠ししちゃだめ？」

「だめっ！　母上様に男の子を祈願しているんだから」

「う〜やりにくいな……」

「ほら、やるわよ、うりゃ〜」

鶴美は一番変態な気がする。

母親の魂が込められている人形の前でするなんて。

俺もその誘いに乗るのだから変態か？

鶴美たっての希望で市松人形工房は自らが責任者となり造られた。

生産に力を入れている反物を使い作られる市松人形は、本来の日本的美として輸出が盛んになる。

飾られる人形として受けが良いらしい。

俺が作ったほうはと言うと子供の玩具として使われていた。

フィギュアを愛《め》でる文化を開花させなければ。

ここに生涯続くフィギュアと市松人形の戦いが始まった。

鶴美がやたらと力を入れてきたので、俺はフィギュアを進化させた。

先《ま》ずはドールハウスを作らせると、フィギュア派の左甚五郎の弟子達が力を入れてしまい、3畳のスペースを占領するほど大きなドールハウスが出来上がった。

左甚五郎曰《いわ》く、細かな細工が良い修行になると力が入った出来。

細部まで細かい御殿仕様ドールハウス。

台所と部屋が数部屋あれば、おままごとは成立すると思うのだが、厠《かわや》や風呂も当然ある。

2歳児が持て余して戸惑ってしまうほど。

流石《さすが》に、一般には売れない大きさなので、半畳ほどのスペースで収まる物が売り出された。

学校の低学年の生徒からも世間に広まる。

始めは着せ替えが出来る女の子が当然人気だったのだが、売り上げが記された書類に目を通すと男のフィギュアも少しずつ売り上げが伸び出した。

それは戦がなくなり仕事が少なくなった甲冑《かっちゅう》師が細かな細工で体長30㎝に合う甲冑を作り上げたことから人気に火がついた。

思わぬことに、顔の詳細な注文が入り出したとのこと。

武士が自分自身に似せたフィギュアを作り、後世に残そうと考えたり、戦で亡くなった祖父や父の偉業を称《たた》えたりするために作らせはじめていると耳にした。

なるほど、遺影や銅像みたいなものだな。

何にせよ、注文が増えるのは良い。

あまりにも細かな細工は他では真似《まね》が出来ないらしく、常陸国の産業に発展していく。

しかし、玩具としてが本来の目的。武丸を喜ばそうと俺は新たに、人ではない物を描いて作らせた。

〇ン〇ム・ザ〇・グ〇・〇ン〇ンク・百〇・ジ〇ングなどなど。

それは新たな甲冑なのか？　と思われてしまったので、頭を取ると中には人が入っている物が出来てしまう。

方眼紙とかでガッツリと作り上げてコ○ケに着てきているコスプレーヤーみたいな物になってしまったのだが完成度は異常すぎる。

関節可動が完璧だ。

しかも、そのフィギュアを等身大にする甲冑師が出てくる。

本末転倒だ。

うちにガ○ダ○・○ク・○フ・ガ○タ○ク・○式・ジオ○グの甲冑が献上された。

ガ○タ○クを作った段階で疑問に感じなかったのか、甲冑師。

聞けば変わった馬鎧《うまよろい》だと思ったらしい。

実際、飾り棚から外すと馬に着せられる仕様。芸が細かいというのか？　しかし、両肩に大筒が付く馬鎧、この重さではすぐに馬が潰れてしまうぞ。

「殿様、あっしは甲冑のことはてんでわからんので任せたのですがどうです？　刀が振りかぶれないと思うんですか」

「……無理だな」

言葉を詰まらせると意外にもお初《はつ》のウケがよく、深紅のザ○甲冑を撫《な》でていた。

「着たいなら好きにして良いよ」

「え？　良いの！」

「うっ……うん」

珍しい、俺が描いた物に興奮しているのだから。

試着するお初。

「重い～腕上がらない、歩けない」

ドテンッガッシャーン。

大きな音を立てて前に倒れると武丸達に背中に乗られて良い玩具になっていた。

「こらっどきなさい！　う～立てない」

怒っても身動きが取れないお初を鶴美が、

「あたりまえですわよ」

冷ややかな目で見ていた。

やはり実際に着ると動きにくい。

実戦には不向き。

仕方がない、勿体《もったい》ないから大広間に飾ろう。

モ〇ルスーツは甲冑の進化版に見えるようで茶々《ちゃちゃ》の反対もなかった。

美少女等身大フィギュアでなければ反対しないのね。

なんかうちの城、カオスになりだしてる気がする。

統一性がない飾り。

しかし、キャラクター甲冑……良いな。

実用的なのを考えようかな。

俺はほとんど甲冑を着ることはないが、甲冑の準備はしておかなければならない立場だ。

いつでも戦に出られるようにしていないといけない。

以前作って貰《もら》った南蛮型甲冑しか持っておらず替えがない。

長い戦となれば替えがないのは大変困る。

モ◯ルスーツ甲冑は身動き完全無視だからカウントしない。

思い切って新しい甲冑を作ることにした。

俺はしばらくは樺太《からふと》に通いそうなので対寒冷甲冑を考える。

気密性がありながら軽く動きやすい甲冑。

ふと頭を過《よぎ》ったのは大好きなハリウッド映画のア◯ア◯◯ンだ。

伏せ字を多くしないと怒られる会社だ。

それを絵にして、試しに甲冑師に発注する。

俺の体にぴったり合うよう採寸をして、マスクになる面も上下にスライド出来るようにし、気密性を高めるため目の部分には輸入物の黒ガラスを入れる。

眼鏡付き兜《かぶと》は危険だ！　なんて言われそうだが、鉄八枚張椎《しいなり》形眼鏡付冑《かぶと》が国立歴史民俗博物館貯蔵品にあるのを甲冑図鑑で見ている。

確か西洋甲冑でも残っていたはず。

特段珍しい工夫ではない。

関節などの可動部分には鎖帷子《くさりかたびら》を施した牛革を使用する。

何度か作り直しがされ、完成した甲冑は金と朱色が輝くア○ア○○ン。

内側の肌に触れる部分には革が貼られているため鉄の冷たさは伝わらず、出来る限り薄めに作って貰ったパーツは胴と兜の部分だけは火縄銃の弾にも耐えられる厚さにはなったが、全体的に薄く動きやすい。

そして、甲冑を着ているとオシッコがしにくいので、股間はスライドで開けるようにして貰った。

なんとも未来的すぎる甲冑。

「御大将、斬新すぎる甲冑に名を」

宗矩《むねのり》が言うので名付けた。

「『和式愛闇幡型甲冑』と名付ける」

ルビはふれないな。

「御大将、素晴らしき出来の甲冑、是非とも我らにも作っていただきたい。お許しをいただけますか?」

宗矩が珍しくテンション高くなっていた。

そこで同型色違いを作ることにさせた。

日頃の働きへの特別ボーナスだ。

俺のは朱漆塗りを下地に金箔《きんぱく》をふんだん使った物で、宗矩用は黒漆塗りの真っ黒な出来となったため夜の隠密《おんみつ》行動に良さそうな物となった。

他に希望者は幸村《ゆきむら》と慶次《けいじ》で、共に真っ赤を希望したので見分けるために、慶次には梅の家紋を銀箔《ぎんぱく》であしらい、幸村には六文銭の家紋を同じく銀箔であしらわせた。

意外にも軽いせいか、お初とお江《ごう》も欲しいというので作らせる。

真っ赤に桜の花をかたどった、金箔と銀箔をあしらった物を作らせる。

「ん〜私はやっぱりセーラー服のが動きやすいかな」

「お江はそうでしょうが、私は気に入りましたよ。珍しく真琴《まこと》様がまともな物を描いてくれましたわね」

「珍しくって失礼な」

作ってしまってから気になったが、これ版権とか大丈夫なのだろうか？

今は勿論《もちろん》、安土《あづち》時代だから問題ないだろう。

ってか、この未来だとあの名作ヒーロー映画はどうなってしまうんだろう？　タイムパラドックスが気になる。

しかし、この甲冑なら寒くなるのが早い樺太でも外で作業出来るぞ！　と思いながら春の訪れと共に、樺太へ再び行く準備を開始した。

ちなみに和式愛闇幡型甲冑6人で軽い模擬戦をすると、どこかで見たような雰囲気。

まるで日曜日の朝に放送される戦隊ヒーロー番組のようだ。

『常陸《ひたち》戦隊〇バ〇イガー』

叫んで6人並びキメポーズでもしたくなるような状態になる。

せっかくなので整列して、刀、薙刀《なぎなた》、火縄銃改を構え、スマートフォンを茶々に渡して1枚写真を撮影して貰った。

茶々はそれが何なのかを知っているので問題ない。

狩野永徳《かのうえいとく》は急いでデッサンをしていた。

それを武丸《たけまる》は喜んで目をギラつかせて見ている。

美少女デザインではないので茶々も機嫌良く、

「父上様達《たち》カッコイいですね～」

武丸を抱きながら言うと、武丸は俺の肩をペチペチと叩《たた》き、

「父上様、欲しい、作って」

「武丸はまだまだ成長過程だから今作ってもすぐ着られなくなるので、もう少ししてからな。そうだ、和紙で作ってやろう」

学校で一際厚い和紙を作らせ、それで似たように作らせると武丸は喜んで着用して、夕口に跨《また》がり、

「とつげきーーーーー」

叫びながら散歩に向かった。

いや、武丸、将来大将になるんだから、お前は突撃するなよと笑うしかなかった。

そのうち宗矩の教育が始まるんだろうなぁ。

◇◆◇◆◇

「茶々、樺太に行く準備が整った。再び行くぞ」

「わかっております。今回はお初を付いて行かせます。よろしいですね?」

「え? お初が行くの?」

お初を見ると面を額の位置に上げ、

「行くわよ。なに? 私では不満かしら?」

「そんなことはないけど珍しいなって。いつもお江だから」

「この甲冑で真琴様の浮気心と戦うんですから」

「うっ、うん。彩華《いろは》のことは良いのか?」

「大丈夫、私が預かりますから。それにお江は今回は残らせます。お初の代わりに城の守備を任せます」

「本当は付いて行きたいけど、今回は姉上様に譲るね」

「そうか、話がついているなら何も言うことはないよ。茶々、あとのことは頼んだぞ」

「はい、真琴様が作り上げたい国のため、存分にお働き下さい。この常陸の国のことは任せて下さい」

今回、柳生宗矩《やぎゆう》、真田幸村《さなだ》、左甚五郎《ひだりじんごろう》、真壁氏幹《まかべうじもと》、佐々木小次郎《ささきこじろう》、お初、桃子《ももこ》、小糸《こいと》、小滝《こたき》、鶴美《つるみ》を同行者にすると決めた。

伊達《だて》政宗《まさむね》には声をかけていない。

政道《まさみち》によると山ごもり修行を続けているとのこと。

邪魔はしないでおこう。

これから先を考えると伊達政宗にはもっともっと強くなって貰いたい。

独眼竜と恐れられるほど。

「えっ！　そんな御主人様の大切なお仕事である樺太開発に私が行っても良いのですか？　おにいちゃんえぇぇぇぇぇぇ」

桃子に同行を命じると嬉《うれ》しがる反面、戸惑いを隠せないようで慌てた。

「はははははっ、なにを今更。今まで散々料理の腕を振るってきたじゃないか？　今度はその料理の腕で樺太自生の植物を美味《おい》しく食べられないか小糸姉妹と協力して作ってほしい」

「はっ、はい。おにいちゃんのためならなんだってしたいですです」

横縛りのポニーテールと側室随一、大きな胸を揺らして喜ぶ桃子だったが……。

1591年4月

茨城城を出立しようとした直前、桃子が急に寝込んでしまった。

小糸に聞けば病状は自分で聞けと微笑《ほほえ》む。

寝込んでいるのに笑んでいるので、おおよその予想は付いた。

「大丈夫か？」

「おにいちゃん、申し訳ありません。同行は出来ないようですです。船旅、長旅にはお腹《なか》の子が……」

「へ？　やっぱり！」

「はい、おにいちゃんのやや子がお腹の中に」

字面にすると大問題発言だがそれを打ち消し、布団から飛び出し抱きついてきた桃子は本当に子供が欲しかったのだろう、涙と鼻水で顔をびしょびしょにしながら、

「ごめんなさいです。おにいちゃん、お召し物が……」

「はははははっ良いって。それより良かった。桃子にも自分の子を抱かせられる。６人目かぁ益々《ますます》賑《にぎ》やかになるな。出産にまで帰ってこられるかわからないが体を大事にして、強い子を産んでくれよ」

俺は抱きついてきた桃子の頭を撫《な》でながら抱きしめ返した。

緊張で上手《うま》く接するまで時間のかかった桃子は、今では俺が好きで呼んで貰っている『おにいちゃん』呼びも板に付き、妹萌《も》え枠を埋めてくれた。

そんなちょっと控えめな桃子にも俺の子が出来た。

何人目だろうと本当に嬉しく、しばらく抱いて気持ちを言葉ではなく態度で示していると、

「おにいちゃん、皆が待っております。私に構わず御出立を。無事のお帰りをお祈りいたしております です」

桃子をもう一度抱きしめ匂いと体温を忘れないように脳内に蓄え、軽い接吻《せっぷん》をして部屋を出た。

「さぁ～皆の者、樺太開発第二段行くぞ～」

集まった家臣団を鼓舞し茨城城を出立。

《茶々《ちゃちゃ》と桜子《さくらこ》とララ》

「茶々様、桃子の代わりに私が御主人様に付いて行きましょうか？　今から追いかければ間に合いますが？」

「私が妹と行くでありんす」

「お初《はつ》と小糸姉妹に任せておけば大丈夫よ。それにララ達は邪魔になるだけよ。まだ娯楽・フラダンスは早いわ。今は生徒達に教えるほうに専念しなさい」

「茶々様がそう言うならでありんすが」

「私は御主人様の身の回りのことが心配で。失礼ですが鶴美さんはお姫様育ちで御主人様の身の回りのお世話が十分には。小糸さん達は薬師としてのお仕事もあり、それに樺太《からふと》の方々を診るのに忙しいと耳にしてますし、お初様も警護の家臣に指示をなされたり忙しいかと」

「大丈夫よ、アイヌの姫もいるのですから、それに母上様が近江《おうみ》に帰られたので桃子の出産に人手が必要です。今、桜子に抜けられると困ります」

「茶々様が必要だと言ってくださるなら城に残りますが、アイヌの姫のこと、お江様はとても綺麗《きれい》な方とおっしゃってましたが、男装をして男に紛れているとか、猟にも自ら行くような方だとか。大丈夫なのでしょうか？」

「真琴様が選ばれ結ばれた方なのですから、その方を信じましょう。私達は真琴様に選ばれ信じられて家族となったのですから子達を守り、そして、この城、領地を富ませ守ることが大切な役目です。それに鶴美だって段々慣れますわよ。私達が真琴様のお世話を出来るようになったようにね。さぁ、やることはいっぱいありますよ。桜子、樺太から送られてくる干した海産物や珍しい物が高く売れるよう、使い方を世に広める料理書を作りなさい。そして御用商人に良いように買い叩かれないか、梅子《うめこ》に目を光らさせなさい」

「なるほど、この城にいても御主人様をお助けすることは出来るのですね」

「そういうことです。ラララは踊りを教えるだけでなく、読み書きをしっかり学んでハワイの言葉を訳せるようにならなくてはなりませんよ」

「読み書き難しいでありんす」

「真琴様がこの大海原にあるハワイはとても大切な国と考えているのですから、行き来は多くなるはずです。縁をせっかく結んだのですから、より強い絆《きずな》で未来永劫《みらいえいごう》仲良く出来るように私達がいたさねばなりません。言葉の壁を乗り越えねば」

「なるほどでありんすなぁ」

「ふふふふふっ、その語尾、御主人様お気に入りだから、ハワイの皆様、ラララさんが言葉を教えたら『ありんす』って言うようになってしまいますね」
「そこは直さねばなりませんが……さぁ～忙しくなりますよ」
「はい」
「はいでありんす」

第二章　樺太開発《後編》

鹿島城の道場で鍛えていた最上義康《もがみよしやす》が見送りに港に出ていたが、口を尖《とが》らせ拗《す》ねている。

パッと見ると女性的な顔立ちの小柄な義康の怒った顔は可愛《かわい》い。

こんな可愛い最上家の妹ならきっと可愛いはず……いかんいかん、それを口走れば大変なことになる予感がするし、義康衆道ルートもない。

俺の人生にBLルートはない。

「どうした?」

「僕も行きたいのに駄目なんですか?」

少し上目遣いに言ってくる。

女装させたらさぞ可愛いだろう。

間違っている青春ラブコメ主人公の気持ちに少し触れた気がする。

だが、厳しく接しなければ。

「もう少し経験を積んでからと思っているが」

「僕、御側《おそば》にいては駄目ですか? 毎日鍛錬だってしてます。お初の方様に負けない自信だってあります」

隣で馬に乗るお初を見て言う。

「聞き捨てなりませんね。女だからと馬鹿にしますか？　仮にも茨城城守衛奉行を仰せつかってる身、そこら辺の男になど後れをとるようなことはありません」

キツい目で義康を睨《にら》んでいる。

義康は馬鹿にしているわけではなく、単純に自分に自信が付いてきたのだろう。

だが、喧嘩《けんか》を売る相手が悪いな。

「だったら、僕と勝負して勝ったら連れて行ってください」

「良いでしょう。その自信、打ち据えてあげます」

「これ、お初、義康、やめないか」

止めるが二人は最早《もはや》戦う気満々。視線の間に火花が見えるほど。

お初は馬を下りると素早くたすき掛けをする。

鹿島に造らせた道場で鹿島神道流師範・真壁氏幹の下、最上義康は普段の稽古を続けている。

茨城城内で常日頃鍛錬しているお初の剣捌《さば》きを目にする機会はない。

俺を悩ますほど強いのに。

お初やお江《ごう》なら樺太の森に入ったとしても自分自身のことくらいは守れる実力があるが、
義康の未熟な腕では伊達政宗の二の舞になってしまう。

だが、このまま船に乗るのも遺恨を残し良くない。

最上義光《よしあき》から預かっている義康がひねくれて育ってしまうと、最上家相続が出来なくなる可能性が出てくる。

ここはしっかり納得させないと。

「道場で竹刀を得物とし試合をする。それで良いな」

「私は良いわよ」

「僕だって」

二人を鹿島城の大きな道場に連れて行き、宗矩《むねのり》の審判で勝負をさせた。

勝負は一撃。お初の俊敏な剣捌きで竹刀が義康の右腕を捉え打ち、義康は竹刀を落とした。

素早く静かだが重い籠手《こて》打ち。

忍びの術を鍛えたお江とは対照的に、正統派武道を鍛えたお初。

「義康、お初の方様も日々鍛錬をしてきておる。柳生新陰流《やぎゅうしんかげりゅう》免許皆伝ぞ。日々の努力は並大抵のものではない」

宗矩が言う。

俺を懲らしめるため……ではなくて、城を守るために日々努力をしているのがお初で、剣、薙刀《なぎなた》、火縄銃、弓矢の腕前はどれも一流だ。

さらに、たんぱく質が多いうちの食事のおかげで、細い腕だが筋肉の塊。お初の場合、栄養は胸に行かず筋肉に使われている。

お江は食欲旺盛な分、余ったのが胸にも届いているみたいだが。

崩れ落ちた義康は見ていたお江に肩を叩《たた》かれ、

「私も馬鹿にされると悔しいから勝負しておく？」

「お江、心まで挫《くじ》けさせるはやめてあげて」

止めようとしたら宗矩が俺を止めた。

「御大将、大丈夫です」

「今度こそ勝ってみせます」

若干むきになる義康が再び竹刀を構えて試合が始まる。

宗矩の始めの合図で一瞬、お江は視界から消えたと思ったら、義康の後ろから竹刀を背中に突き当てていた。

無音一瞬。

「マコ～どうだった？」

「うん、益々《ますます》速くなったな、その胸でお初より素早く動けるって凄《すご》いな」

「真琴《まこと》様～ま～た胸の話を～」

「怒るなよ、お初」

「ふんっ、怒ってなどおりません。呆《あき》れているのですよ」

お江の俺の後ろに回って首を絞めるじゃれつきは昇華され、最近だと気がつかないくらいの速さと静けさで後ろに回ってきている。

暗殺数なら家臣随一。

なんでこんな恐妻ルートになってしまったかな、うちの嫁達《たち》。

出会った頃は無邪気で可愛かったのに。

義康はお初とお江に負けたのが余程悔しいのか膝から崩れ落ち涙をグッと堪《こら》えている。

「義康、腕を磨け、さすればいずれは連れて行く。お江もお初も出会った頃は素人だったが努力の積み重ねで強くなった。義康はまだまだ成長途中、いくらでも強くなれる。留守中は慶次《けいじ》に手ほどきを受けると良い」

「はい……」

俺は肩を軽く叩き道場を出て南蛮型鉄甲船に乗り込んだ。

お江は港から大きく手を振って送り出してくれた。

「宗矩、なんで心まで折った？　お江との勝負はいらなかっただろ？　明らかに経験の差があるのだし、あの動きを捉えられるのはうちの家老でも少ないだろ？」

「いずれは最上家当主となる身、甘やかしていてはいけません。羽州様も嫡男が大きく育つことを期待して黒坂《くろさか》家に預けたはず。義康の棒術が真壁《まかべ》殿ぐらいまで昇華されるには一度や二度は負けを学ばねばなりません」

「なんか、耳が痛い」

「はははは、御大将と初めて手合わせしたことをまだ根に持っておられますか？　しかし、あれは得物次第では私は受け止めることが出来なかった。御大将は神速の抜刀術を得意としていますからね」

「まぁ〜ね」

「黒坂家の戦術は火気を基本としていますが、武士の心を高める技、腕はそう変わりません。義康はそれが棒術。素早く剣を使うお初《はつ》の方様やお江の方様に腕力で打ち勝つ。並大抵のことでは出来ません。しかし、それが出来たとき、義康は御大将の心強い味方の大名になりましょうぞ」

「念押しするけど天下取りは考えていないからね」

「わかっておりますとも。御大将の敵は海の外、そして時代という名の道。とてもとても大きな敵を前にしているのですから多くの、そして、強い味方大名を育てなければなりません。それが伊達《だて》様であり、前田《まえだ》様であり、そして最上家なのです」

「宗矩は俺の心を先読みしているみたいで恐《こわ》いよ」

「私は御大将の知識が恐いですけどね。その知識で進む道、そして知るからこそ変えようとするはずの道、その道が造れるようお支えするのが私の役目」

「変えようとする道かぁ……」

世界地図を大きく変えてしまっていることへの迷いで言葉が続けられなかった。

織田信長《おだのぶなが》の海外進出、それは良い未来へと続く道になるのだろうか？

良い未来ってなんだろう？

目指すべき未来ってなんだろう？

造らねばならない道ってなんだろう？

多くの疑問と迷いが湧き出る中、静かに船は進んだ。

1591年5月

途中補給と休息で寄港しながら10日間の船旅は無事に終わり、約7ヶ月ぶりに樺太《からふと》島が見えてきた。

大地はまだ雪が残り、白く冷たい風が吹く。

そんな中、トドの群れが湯上がりのように湯気を出し、興奮した警戒の眼差《まなざ》しでこちらを見て大きな鳴き声を出す。

「真琴様、あの生き物はなんですか？　凄い群れ」

「トドだよ。雄1頭に雌が何頭も群れる生き物なんだよ」

「まるで真琴様みたいですね」

ぐうの音も出ないとはまさにこのこと。

小糸《こいと》達の視線が痛い。

「今回もトドの金玉を分けてもらうっぺよ」

「ですね、姉様」

小糸達の作るとても不味《まず》い精力剤、今回もその材料が仕入れられるのか？　効能が本当にあるのか謎だ。

出来ることなら止めたいが、先ほどの視線で口に出せなかった。

この二人が心から子供を欲しいと思っているのはわかっているので。

冷たい大地に新しい和式愛闇幡型甲冑《かっちゅう》、気密性の高い甲冑を身にまとい船を下りると、北条《ほうじょう》の兵士達は流石《さすが》に南蛮型鉄甲船の旗印で黒坂家の船団であるのがわかるので槍《やり》を構えたり弓矢を向けたりしてはこないが、困惑している。

スライド式の面を上に上げると、俺に気が付き片膝を突いて出迎えてくれた。

「皆、冬を越せたようだな」

「はっ、失礼致しました。この冬は常陸《ひたち》右府様にいただいた食料と、あの半球型の家のおかげで無事死人が出ず越せましてございます」

島を離れるときには五軒だけだったドーム型住居は八軒に増え、物見櫓《ものみやぐら》の上部もドームを作り始めている最中だった。

パッと見、まるで天体観測所？　南極観測所？　火星の住居？　未来的な港町になりだしている。

ドームに鉄でも貼ればまさに未来の光景ではないだろうか？

宗矩はそんな港をぐるりと一周すると、側室達の下船も大丈夫だと知らせた。

「みんな無事で何よりよ」

「姫様、姫様もお元気そうで嬉《うれ》しゅうございます」

北条の兵は鶴美《つるみ》の元気な姿を見て涙して再会を喜ぶ。

「今年も雪が降るまで、樺太開発をしに来た。食料も積んでは来たが、今回は何とか収穫までこぎつけたい。幸村《ゆきむら》、すぐに取りかかってくれ」

「はっ、早速始めさせていただきます」

幸村に指示を出すと幸村のもとには去年も一緒に畑仕事をした者達が集まり、再会の挨拶をしている。

指示するだけでなく自らも土と格闘する真田《さなだ》幸村は真田家と北条家の因縁を断ち切り慕われていた。

その姿を横目に、

「トゥルックはいないようだな。着くのを知らないから当然か」

小さく言うと後ろにいたお初が、

「噂《うわさ》のアイヌの側室ですか？」

鋭い眼差しが痛い。

「ほら、タロとジロをくれた子だよ」

「はいはい、話をすり替えても無駄ですよ。トゥルックとやらのことは姉上様も認めているのですから今更です。姉上様にどのような者か見てくるように頼まれています。一段落したら村に行きますすよ」

「は、はい」

逆らうと蹴られそうなので、これ以上何も言わない。

開墾作業を始めればすぐに見に来るだろう。そんな期待をして開発に着手した。


トゥルック、元気だよね？


真壁氏幹《うじもと》と佐々木小次郎《ささきこじろう》を船の見張りに残すと、樺太城には向かわず、幸村と田畑開発を先に進める。

左甚五郎《ひだりじんごろう》はドーム型住居のパネルをこの地で大量生産出来るよう大きな工房を建てる作

業を始めた。

「こういうときって真琴様は本当に真面目に指示出して働くわよね。そういうとこ、好き」

　小さな声でお初が褒めてくれた。

「でれすけ、私達は病人を診てくれた。それと山菜も出始めているわ」

「うん、頼んだ。それと山菜も出始めているだろうから、食べられるのを北条の民に教えてね。この樺太にしかない植物はアイヌの人から食べられるのを聞いて食べやすいように工夫を加えてみて。あと薬になるのも三河《みかわ》殿の書物に書いてあったはずだから収穫よろしく」

「はいでした」

　皆がそれぞれ忙しく動き出す。

　北の大地、活動出来る期間は短い。

　俺が寒がりという理由だけでなく、夏が極端に短いからだ。

　雪が降り大地が凍れば開墾は出来なくなる。

　春の日差しで少しずつ解け始めている大地で、一気に開発を進める。

　俺は幸村とはすでに打ち合わせ済みの農業改革を始めた。

【樺太農業改革】

●その1：風対策
田畑を土塁、もしくは石垣、もしくは木板で囲う。

田畑の周りを囲むように木々を植え、防風林を作る。

風除《かぜよ》け。

作物をオホーツク海・シベリアから吹く冷たい風から守り、土も風で飛ばされるのを防ぐ。

風は農業の敵だ。

●その2：農業用水水温調整
浅い溜《た》め池《いけ》を作る。

田畑に引く水路に黒い石、または炭を敷く。

これで農業用水を日光の力で温める。

海外の寒冷高地でこの応用で米を実らせた日本人をテレビ番組で見たことがある。あの国民的人気の土曜の夜のクイズ番組で得た知識を活用する。

水は一度温めれば冷えにくいという性質を利用する。

さらに俺流を加えて、温泉も利用する。

もちろん、温泉水は農業には直接使えない。

塩分が含まれたり酸性やアルカリ性が強かったりするので、植物には適さない。

石灰を混ぜるなど科学的な処理をして中性にすればミネラル豊富な水として使えるが、ＰＨを測れないし、調整には技術が必要、持っている知識と技術では難しい。

温泉は熱を利用するために引く。

今回は木管を利用するが、少しずつ石管に換えていくつもり。

管を地中に埋めて温泉を通し、その上に土をかぶせて畑とする。

そこで作物を作る。

さらに水路の脇にこの管を通すことで水も温める。

土、水を温めることで夏場でも突如発生する霜対策になる。

俺が育った時代では、やれ地熱発電だ！　ＳＤＧｓだ！　と、持続化可能目標を掲げ、日本国内では地熱を発電に使おうなどと叫ばれていた。

火山列島日本の地熱エネルギーを発電量に置き換えると２３４７万キロワット。それはアメリカ、インドネシアに次いで世界３位だ。発電に注目し大規模開発ばかりに目を奪われていたが、温泉そのものが温かいまま川に流されていることに着目し利用した開発をあまり耳にしなかった。

単純な利用法として暖房に使えるのに耳にしたことはない。

なぜか大規模開発計画ばかりを耳にした。地熱利用開発のために掘削しなくたって、流れ出る温泉は豊富なのに。

群馬県草津温泉や秋田県玉川温泉で俺は実際目にしている。

あの川に流される温泉の熱を利用すれば、ハウス栽培だって可能だろうし、発電だって出来るはずなのに。

ごくごく一部では温泉熱を利用して、もやしを育てたり、ドラゴンフルーツを育てたり、味噌《みそ》作りに活用していたり、魚や鼈《すっぽん》などの養殖に使われたりしている。

そう言えば茨城県北茨城市の平潟《ひらかた》港温泉のとある宿が温泉そのものを使って、とらふぐの養殖をしていた。

生育が早く餌の影響で毒がないとらふぐで話題になっていた。

海に近い温泉であるため、泉質が海水に近いから出来るそうだが、温泉そのものが使えない泉質だろうと湯量と熱がある程度あれば温室や水を温め、養殖にだって活用出来る。

原油価格に左右されない農業、養殖業となるはず。

岩手・秋田に跨《また》がる八幡平《はちまんたい》では地熱発電をしていたけど、大型発電所の固定概念を捨て小型発電所を数多く作れば良いのに。

自然エネルギー……山を切り崩しての大型ソーラーパネル発電なんていうのは愚の骨頂、本末転倒。青々とした木々に覆われた山が黒い太陽光パネルで覆われた景色に矛盾を感じない政治家や脱炭素活動家は元の時間線では今も元気に活動しているのだろうか？

太陽光パネルは山を切り崩さず大型ショッピング施設や高速道路のサービスエリア、遊興施設などの駐車場に屋根として設置すれば勿論《もちろん》発電出来るし、天気が悪い日は客を守る屋根となる。牛久大仏近くのショッピング施設の駐車場は良い例だろう。

一石二鳥というやつなのだが、どうしても大規模開発をしたがる日本。

そして代替エネルギーのことを考えもせず、また、自然エネルギーの不安定さには目をつぶり、二酸化炭素削減だ！　脱原発だ！　脱石炭だ！　脱化石エネルギーだ！って騒ぎ立てる人々。なぜか欧米や日本などだけで活動する活動家と、それを美談のように煽《あお》るマスコミ……なら、一番多く二酸化炭素を出している国で先《ま》ずは活動してよ！　とテレビを見ていて思ってしまった。

それに日本国を『化石賞』などと不名誉なレッテルを貼る国際会議……脱退、不参加という抗議をするべきだ。

日本企業が開発した、エネルギー効率の高い技術を使った発電所は各国で使われている。それは評価しないの？　マスコミは、大きな矛盾だとなぜ報道しない？

……。

話が脱線しすぎた。

今行おうとしている樺太《からふと》開発に話を戻そう。

●その3：東北北部品種栽培
今回来る途中、津軽《つがる》と南部《なんぶ》に米やそばなどを分けて貰《もら》った。

これは食料としてでなく栽培用。

品種改良そのものは難しく時間も必要となるが、長年東北北部で栽培されている植物なら、同じ米やそばでも常陸《ひたち》で栽培している品種より寒さに強いだろうと考えたからだ。

勿論、元々アンデス高地で作られていたじゃが芋やトウモロコシは寒さに強いので、今回種として多く持ってきたが、少品種に頼るのは天候に左右されやすく、不作になってしまえばすぐに飢饉《ききん》になる。

それを避ける。

米・小麦・大麦・そば・トウモロコシ・豆・稗《ひえ》・粟《あわ》・黍《きび》・芋。うちの10品重要作物推奨をここでも実施する。

●その4：石垣段々畑栽培
これは、静岡県のいちご栽培法にヒントを得ている。

石垣を組み段々畑とする。

石には太陽光で熱が溜まり、夜はその熱で作物を冷えから守ってくれる。

保温効果、そして水はけが良い。

じゃが芋をこれで作ってみようと思う。


兎《と》に角《かく》、飢饉は起こさせない。

樺太開発と言いながら、来るべきマウンダー極小期・寒冷期への備え。

江戸時代に多く発生した飢饉を想定した対策試験栽培と言える。

成功すれば各地の農民に教える農業学校をここに造るつもりだ。

今回は、この四つの策で農業改革を開始する。

作業を開始すると、慌てて北条 氏規《ほうじょううじのり》と板部岡江雪斎《いたべおかこうせつさい》が来た。

「常陸右府様、お着きでしたか。城に来ていただければよろしかったのに。自ら御働《おはたら》きになるとは思ってもいませんでした。私達《たち》も働きます。なんなりと命じて下さい」

「父上様、遅い！　常陸様は自ら田畑見回りなんて当たり前にするんだからね！　父上様も見習って働きなさい！　本当、鈍臭い父上様」

鶴美《つるみ》、相変わらず父親に手厳しい。

言われた北条氏規は、

「お、おおう、なんとも益々《ますます》勇ましく育って、あの話してくれなかった鶴美がこんなにはっきりと物を申すなんて」

そう感動している。

良いのか？　オヤジ。

「では、石垣積みを頼むかな。あと幸村《ゆきむら》の治水改良のほうが人手欲しいからそっちに多くを回して」

「はっ、喜んでやらせていただきます」

北条の家臣やその家族総勢2万がかり出されて一気に作業は進む。

小分けにした畑を造らせ準備が整ったところから順次、そば、じゃが芋、トウモロコシ、稗、粟、トマトを植えていく。

温められた水が通った田んぼにも、稲が植え付けられていく。

今年はなにかしらの収穫をしたい。

今回も出来るだけ食料を積んではきたが、統治を目的としているのだから自給自足が出来なければ意味がない。

採れる砂金や、多く住む獣の皮を当てにしていては、すぐに商人に足下を見られて買い叩《たた》かれるだろう。

長い目で見るなら砂金で食べ物を調達する流れは避けたい。

食物が安定的に収穫出来るようになったなら製紙という産業を考えるが、それはまだ先の話。

それにいずれは石炭など地下資源採掘も考えている。

それには先ずは食だ。

到着して約1ヶ月、農政改革に専念した。

ほどほどに暖かくなってきたので海岸では昆布漁を盛んにさせ、海岸沿いで昆布を敷き詰め干させる。

これは本土に売るため用。

これには率先してアイヌの民が協力してくれた。

森を切り開くわけではなく、海に無数に自生している昆布だったため反対する意見はなかった。

昆布のついでに採られたウニがしこたま載ったご飯を食べ一休み。

ん〜、それにしても、これだけ派手に働いてるのにトゥルックがいつになっても現れない。

なぜなんだろうか？

気になる。

気になる。

気になる。

アイヌの民に鶴美の通訳で聞いて貰うが、

「常陸様、教えてくれないわよ。あの娘のことになると恐《こわ》い目するの、みんな！」

「う～……そうか……」

「あー、もう、そのトゥルックとかいう女が気になるなら、ちゃんとそう言いなさいよ！うじうじしてる真琴《まこと》様のが嫌い。見てきなさい」

田畑でぼーっと夕焼けを見ていたら、お初《はつ》はそう言って背中を押してくれた。

「おっ、おう。ありがとう」

「いい？『浮気』を許したわけではないんだからね。真琴様としてのけじめである『正《まさ》宗《むね》』を渡した女、側室に迎えたい女なんでしょ？家族にしたいんでしょ？こちらに来て一ヶ月もこうしているのに現れないって私も気になるから、行きますわよ」

お初が背中を押してくれたおかげで俺から会いに行くことを決意し、次の日、手勢を率いてトゥルックの村に行くこととした。

《お初と鶴美》

「あの、お初様、どうすれば貴女《あなたさま》様のように気丈に振る舞えるのですか？」

　夕方、港の砦《とりで》に作られた温泉で汗を流していると、鶴美は縮こまりながら私に聞いてきた。

「気丈かぁ。あなたも十分真琴様に当たりが強いように見えるけど？」

「私のは……内弁慶です。だから、常陸様や父上様、北条の家臣にしか」

「はははははっ、気にしていたのね」

「……はい」

「真琴様はそんなあなたが面白くて側室にしたんだから良いんじゃない？　そのままで。真琴様にとってそれが癒やしってやつらしいわよ。萌《も》えるとか言っているのがそれよ」

「ですが、私、お役には立てていなくて、このままでは……」

「大丈夫、追い出されることなんかないわよ。真琴様はそういう人ですもの。もし、私みたいになりたいと思って真似《まね》をして無理をするなら、そのほうが嫌われるわよ」

「だったら今のままで良いと？」

「ふふふふふっ、私も昔は内弁慶よ。真琴様に接しているうちに自分も強くならなきゃ駄目なんだって自然にこうなってしまっただけ。今だって敵と刃を交えたときやこんな知らない土地を恐いと思うことだってあるし、自分が家臣に指示して良いのか迷うときだってある。でもね、そんな迷いを笑って、なんでもないかのようにしてくれる真琴様がいると思うと、なんでもなくなるのよ。まぁ、小糸《こいと》が『でれすけ』って言うのもわかる女ったらしだと思うし、どうしようもない趣味も許せないから強く当たってしまうときもあるけど、それだって受け流してくれるのよね。だから何でもしたいって、何でもしなきゃって思うの。はははははっ、余計なことまで言っちゃった」

「お心広いですものね」

「まっ、もし何かの役に立ちたいと思うなら、アイヌの言葉だけじゃなく他の樺太に住む者の言葉も習得したら？　今でも少しはわかっているのでしょ？　真琴様は樺太に住む全ての者との通訳を求めているから良いのではないかしら」

「はい……ここで育ちましたから」

「真琴様はね、勉強したくても出来ないの。忙しくて」

「え？　でも、たまになにもしないで横になっているのを目にしますが？」

「あれはわざと。家臣の手本となるように見せている休息という名の仕事。それにそんなにお体が強いわけではないから休まないとすぐ寝込んでしまう」

「確かに……」

「ほら、いつまでも私達にまで遠慮してないで、私が恐いならお江《ごう》にでも相談したら？」

「お江様のが恐ろしい……」

「はははははっ、あの子、裏表が激しいからね。桜子《さくらこ》達みたいに敵意がない子には凄《すご》く優しく接しているけど、真琴様に敵意がある者なら笑って斬れるのよあの子は。でも、それだって真琴様は知っていて受け流しているでしょ？　それもお江の個性だから好きなのよ。だから、あなたの内弁慶なんて可愛《かわい》いものよ」

そう言うと少しだけホッとしたのか肩の力を緩めた鶴美。

その姿はどこか懐かしく思えた。

浅井《あざい》から織田《おだ》に引き取られて冷たい大人の視線が集まる中育った私達に何の迷いもなく媚《こ》びへつらいもせず接した真琴様。それは敵であった北条のあなたに対しても同じだったでしょ？　口にしようかと考えたが、そのことは自分で気が付いて成長につなげてほしくて心にしまう。

トゥルックという姫もそんな真琴様に惚《ほ》れたのでしょう。

真琴様に惚れ、真琴様が惚れた女に会える明日を楽しみな自分が少し滑稽に思えた。

また仲間が増えるのかという期待感が変に可笑《おか》しくて仕方がない自分。

「あぁ〜私、真琴様に毒されてるな」

「え？　えぇぇぇ？　右大臣様の毒？？？」

「そのうちわかるわよ」

◇　◆　◇　◆　◇

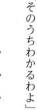

「オレは　オマエ　みとめん　ショウブだ」

トゥルックの様子を見に来た俺は手厚い歓迎を受けた。

勿論《もちろん》、皮肉だ。

槍を持ち背中には弓矢。まるで猟に森に入る姿で立ちはだかったのは、アイヌ民の青年一人。恐い顔をして鼻息荒く興奮している。

「困ったな～何か怒らせたみたいだけど心当たりがないんだけど」

「ふっ、私はなんかわかりましたけどね！　真琴様」

お初は青年でなく俺を睨《にら》む。

「御大将いかがします？」

「一人で向かってきたってことは俺への私怨だろうから手出しはするな」

「はっ」

護衛の宗矩《むねのり》にも、むやみに刀を抜くことを許していない。

小さな争いが大きくなるのなんてすぐだ。

アイヌ民とは和平を結んでまだ日が浅い。

中にはそれをよく思っていない者だっているだろう。

さらには俺を暗殺しようと考える者だって。

アイヌと大和の因縁は深い。

しかし、目の前の青年は正々堂々と勝負を挑んできた。理由があるはず。

「えっと勿論、俺が誰だかわかってやっているんだよね？」

「あたりまえダ！　トゥルックを　おかしやがって」

「それは誤解だからね！　だから家族に迎えるって説得したのに」

「うそ　いうな　トゥルック　あれから　くらくなった　えがお　きえた　オマエのせい」

槍の矛先を向けて荒々しく言った。

「ほら、見なさい。ちゃんと連れて帰らないからこうなるのよ。女心をわからない真琴様が撒《ま》いた種、どうにかしなさい」

トゥルック、言葉では村や親の心配をしていたが実は一緒に茨城城に行きたかったということか？

「トゥルックと話したい。そこをどいてくれ」

「あわせない　女　おかす　アイヌ　許さない　耳と鼻を削《そ》ぐ」

「あはははは、削がれたら男前の顔だいなしよね」

「お初様、右大臣様が可哀想《かわいそう》でした」

小滝《こたき》は庇《かば》ってくれる。

鶴美《つるみ》はというと、お初の陰に隠れてプルプルと震えていた。

「おとなしくしたがえ　さもなければ」

槍《やり》を地面に突き刺し背中に背負っていた弓を構え矢を持ったそのとき、ヒュッと小さな音がして、青年は倒れた。

「え？」

横を見ると、吹き矢を射た小滝が、

「大丈夫でした。眠り薬です」

「無茶するなよ」

ニッコリと微笑《ほほえ》む小滝。

「お江が教えていたのよ、吹き矢」

お初はよくやったと小滝の頭を撫《な》でていた。

「本当に大丈夫なんだろうね？　小糸が何日も寝続けるやつじゃないよね？」

「量は少しなので夕方には起きるはずでした」

「うっ、うん、小滝がそう言うなら信じるけど」

「宗矩、家臣に申しつけて、適当な家に声かけて寝させておいて」

「はっ」

うちの家臣に連れられてチセと呼ばれるアイヌ民の家に運ばれると、老人が面倒を引き

ルック。

受けてくれたそうだ。

トゥルックの家に近づくと、すぐにわかる金髪の髪。そこには少々変貌した姿のトゥルック。

変貌した姿、言い直そう。

大きく成長した姿と言ったほうが適切だろう。

お腹《なか》が大きくなった姿で矢を研いでいた。

俺の後ろでは鉄扇で今にも叩《たた》いてきそうなお初を小滝が押さえている、なんとも首の皮一枚でつながった状態でトゥルックの前に行く。

「トゥルック、今年も来たよ。ただいま」

声をかけるとトゥルックは驚き、家・チセに入ってしまった。

あとを追いかけチセに入る。

「入らせて貰《もら》うよ」

中に入るとトゥルックは毛皮をかぶり身を隠そうとしている。

隠れ切れていないから。

囲炉裏《いろり》の脇に座り、一言。

「俺の子だよね？」

去年、とある夜、月がよく見える穴場の温泉があると誘われたので城を抜け出し、その温泉で満月に照らされ幻想的でまさにエルフと呼べるくらい美しいトゥルックと交わった。

一夜の過ち？

いや、ちゃんと嫁として連れて帰りたかったので説得を試みたが、本人の強い意志で首を縦には振ってくれず、帰り際再度試みようとするが、俺はお江達《たち》に無理やり船に乗せられてしまった。

バシッ。

「痛い、痛い、鉄扇は痛いから！　お初《はつ》」

「ほら、だからちゃんと連れて帰ってきなさいよね。黒坂真琴《くろさかまこと》の子を成した者がこのような暮らしをさせられていると知られたら、せっかく女子を大切にしていると評価されているのに悪い噂《うわさ》が広がりますよ。女子を多く雇っている黒坂家、手を付けた女子を冷遇しているなんて噂がたったらどうするのです？　姉上様はそういうことを心配しているのですよ。学校もそうだけど、女子だって家臣として雇っていることは姉上様だって私だって良いことだと思っているのに、それに水を差す気ですか？　女をなにより大切にするならちゃんとしなさいよね。もう、次から次へと種まきして呆《あき》れるわよ。種まきは田畑だけにしてほしいわ」

「耳が痛すぎて返す言葉がないよ……」

お初は鉄扇を帯に戻すと囲炉裏の脇に座って、置いてあった薪をくべた。

小滝はトゥルックの被《かぶ》っている毛皮を優しくとり、着座を促し二人で並んで座った。

「トゥルック、もう一度聞こう。俺の子だね？　俺の気に似た波動をお腹の中から感じる」

「黒坂サマ　いがい　ちぎりは　むすんでません」

「トゥルック、前にも言ったが正式にうちに迎え入れたい」

俺が言うとトゥルックは大粒の涙をポタポタと流しはじめ、

「あの夏だけだと　かくごして抱かれた　抱かれたかった　大好きになってしまった黒坂サマを感じたかった　付いても行きたかった　でも　母もだいじ　森も見守るのもだいじだから　行けなかった　そしたら……　ひとりでうみ　そだてるつもりだった」

あふれ出る涙に今までいろいろなことを考えさせ、不安にさせ、心配させてしまったのだということに気が付き俺が頭を下げると、お初に踏まれた。

「姉上様も言ったけど、せめてちゃんと段取ってから手を出しなさいよね。もう、女好きなのは諦めるから、そのくらいはちゃんとしなさい」

「はい、ごめんなさい」

「謝る相手が違うでしょ！」

それをトゥルックは優しく止めてくれる。

「いけません　おとこのあたま　ふむなんて」

「良いのよ。私は偉くなりすぎた真琴様をいい気にさせないためにしているんだから、躾《しつけ》。それにこの男、足をなぜか愛する変態でよく舐《な》め回すんだから、踏まれたって大して気にもしていないわよ」

「お初～そりゃ踏まれると心が痛むから。それと性癖暴露だけは頼むからやめてぇ、精神すり減るから」

　そうだ、俺は美少女の足が大好き。

　ヒロインが冴《さ》えないというより主人公が冴えないとあるラノベに登場する先輩美少女作家のストッキングごしの足の指にハッスルしてしまうくらいなのだ。

　そんな俺はちょくちょく夜伽《よとぎ》の際、側室の足を堪能している。

　だが、踏まれる趣味はなく、お初の最大お怒りモードなのを感じた。

「トゥルック様、樺太《からふと》城に入ろうでした。出産のお手伝い、姉上様とさせていただくでした」

　小滝が言うとトゥルックは、

「ここで　うみたい」

　すると、マッチョなトゥルックの母親が入ってきた。

「うわっ、なに！　敵！」

　お初が警戒するが、

「こら、失礼をするな。樺太の民を束ねているトゥルックの母、ほら誓詞を結んだ方だ」

「それは失礼しました。黒坂真琴の側室でお初と申します」

心を乱していたトゥルックだったが、そこは涙声でしっかり通訳してくれた。

『よく来てくれました。トゥルックの母ルカタンです』

腰を下ろすと、俺の目を見てニコリと笑い、

『私は何も心配する必要はないと諭していたのですが』

トゥルックは自分の気持ちもあるだろうけど、通訳をしっかり続ける。

「御母上殿、トゥルックを嫁の一人として正式に迎え入れたい」

『私はすでにそうなっているものだと思っていましたわよ。貴方《あなた》に従う、貴方の家臣になると言ったではないですか。娘はその契りを結んだ。それに武士は、刀を何より大切な物として扱う。それが家紋が入った物なら尚《なお》のことと聞いた。それが貴方の気持ちを表しているると。なら、その子をいずれはアイヌを纏《まと》める長に育てるのがなにより』

「なるほど。ならトゥルックはやはりこちらに任せるか。色々考えさせてしまって申し訳ないです。トゥルック、ごめんなさい。そして家族になってくれるね」

コクリと小さく頷《うなず》くトゥルック。

「そういうことに決まったなら黒坂家の名に恥じない館は建てさせて貰うわよ。それと祝言、これはちゃんとしなさいよね。けじめよ」

「勿論《もちろん》そのつもりだよ」

お初はすぐに左甚五郎《ひだりじんごろう》に指示を出しドーム型御殿の建設を始めた。

他の側室はなかなか妊娠しないのにトゥルックは一発命中。

熊？　トドの玉々汁のおかげなのか？　やはりあれには精力増強効果が？


トゥルックとは、その日のうちに三三九度の盃《さかずき》を交わして仮祝言をし正式に嫁に迎えた。

次の日、トゥルックへの土産に用意しておいた着物に着替えて貰う。

男装の少年が美少女へと変貌した。

「まるで真琴様が描いている絵に出てくるような美少女……乳もデカい」

「お初、乳で競うな、小滝、悲しい目をしない！　鶴美、なんで脱ごうとする！　おっぱいちっぱい夢いっぱい。小さくても大好きなんだから」

いつも飲んでいる冷え性の薬がやたら苦かった。

小滝、怒りを煎じ薬で表現するのやめて。


綺麗《きれい》に髪も整えられ薄く化粧をしたトゥルックの手を引き、アイヌの民が集まる広場に連れて出る。

「誤解を与えたこと心から謝ります。トゥルックはこのように我が妻の一人として家族に迎えました。ですが、トゥルックはここを愛し何より大切だと思っています。俺はその意思を尊重したい」

それをトゥルックが訳して、トゥルックの母親が集まった者達に伝える。

反感を向けられるかと思えば、トゥルックの母親が上手《うま》く言い換えてくれて、元々春を待って祝言する予定になっていたこととされた。

その晩、幸村《ゆきむら》達も村に呼んで軽い宴席が設けられ、それが俺とトゥルックの祝言となった。


お初達を一度樺太城に帰らせ、チセに数日泊まらせて貰いトゥルックとの一時を過ごすことにすると、

「なんでトゥルックはその男　ユルスンダヨ」

村の入り口で立ちはだかった青年が3日目の朝、押しかけてきた。

小滝《こたき》の吹き矢で4日間ずっと寝ていたそうだ。

小滝～薬効きすぎだから！

その間にトゥルックとの正式な婚儀も済んでいる。

「わたしは強い男が好き　黒坂サマ　だれよりも強い　そして優しい　母も不思議な力みとめてる」

「トゥルック、彼は？」

「ウラナペ（おばさん）のヘチカ（男の子）……いとこ　ひとつとしした。名はルアンペ。弱い、でもベンキョウ？　ねっしん　だから、大和人の言葉もわかる」

俺と彼の間に入って説明するトゥルックは弟の困った行動を諭す姉のような視線を彼に送った。

「あ〜、従姉《いとこ》に初恋をしてしまったみたいな？　だから俺が気に入らないと怒ってるんだ？　俺が無理矢理犯したと誤解して」

「うるさい　オレだって　もっともっと強くなれるのに　オマエ　とった　犯した　傷つけた」

アイヌ民族が使っている山刀だろうか？　鉈《なた》っぽい物をプルプルと震えながら構える。

「やめて　わたし　黒坂サマ　ほんとうに好き　愛してる　子供　授かれてうれしい」

「うそだうそだうそだうそだうそだうそだうそだうそだ」

大声で叫びながら突進してくる。

「トゥルック、どいて」

素人の斬撃をくるりと躱《かわ》して裏拳で山刀を持っている手を勢いよく殴り、さらにくるりと一周し反動を付けて尻を蹴った。

山刀は後方に飛び床に突き刺さり、彼は前に勢いよく倒れた。

それを俺が床からすぐに抜き構えると、トゥルックが割って入った。

「まって　斬らないで　ゆるしてあげて」

「大丈夫、斬らないよ。はいこれ、トゥルックが預かっておいて」

と手渡す。

「くやしい　大和人に負ける　くやしい」

床を叩《たた》いて悔しがる敗者の姿にどう接すれば良いのか迷っていると、トゥルックの母親が二人の男性と共に入ってきてアイヌ語で指示。彼は両腕を捕まえられ連れて行かれた。

『黒坂サマに刃を向けた罪は私達の法で罰したいが良いか?』

トゥルックが母親の言葉を通訳する。

「んと、結構重い罰を与えるつもりだよね」

『片腕を切り落とす　人に刃を向ける　ダメ　しかも相手が黒坂サマなら尚のこと』

「それじゃこの厳しい大地では生きていくのが大変になるのでは?　まだ若いしちょっとした手違いで彼に一服盛ってしまって余計傷つけてしまったのはこっちだから、切り落とすのは一旦やめて貰《もら》えないかな?」

トゥルックがホッと安堵《あんど》の息を漏らしながら通訳を続けた。

『だが、なにも罰与えない　それは出来ない』

確かに何も罰を与えないのは他に示しが付かない。

「なら、北条氏規《ほうじょううじのり》預かりとして重労働の刑5年とかどうかな？　人手はいくらあっても足りないし」

　すると通訳する前にトゥルックが俺の手を握り、

「やっぱり優しい」

　満面の笑みを見せてからトゥルックは母親の言葉を通訳した。

『寛大な心に感謝します。そして我が一族の者が黒坂《くろさか》サマに刃を向けたことを心からお詫《わ》び致します』

「俺自身が撒《ま》いた種だから」


　ちゃんと段取って契りを結ばないとこのようなことが起きると、後で俺はお初《はつ》にこっぴどく叱られることとなった。

「ほら、そういうことが起きるからちゃんと娶《めと》ってから抱けと言ったのですよ。色恋沙汰に恨《うら》み辛《つら》みは付き物。うち、黒坂家の側室が少し変なのですよ。私達《たち》や桜子《さくらこ》達の感覚で女子に接してはいけません。撒いた小さな火種が大きな火に育つなるなんてのは当たり前のこと、少しは自分自身がどういう立場なんだか今一度考えて下さい。真琴《まこと》様は右大臣という特別なお立場なのですから喧嘩《けんか》すら許されないのですからね。殴りかかられただけで相手は死罪が当たり前なのです。今回のことは宗矩《むねのり》達にも承服させますが、本来なら許されないことなのですからね」

「これからは気をつけます」

俺は自由な恋愛が許されない立場であることの自覚が足りなかった。

身分とはそういうもの。

右大臣はこの時代でとても偉いという自覚をもっと持たねば迷惑をかけてしまい命を奪わねばならなくなる。

気をつけないと。

この青年ルアンペのことは北条氏規に労働刑と称して教育を頼んだ。

せっかく勉強熱心で言葉の通じる若者は欲しい人材。成長の月日とともに誤解が解けることを願った。

◇◆◇◆◇

そろそろ側室という言い方は廃止しようかな。

そんなことを樺太城に戻って執務をしながら俺はふと考えていた。

みんなをなんら変わらない家族として俺は扱っているのだから。

差別ではないが『側室』の言葉は身分の上下があるという誤解を与えてしまっている気がする。

特に現地妻確定のトゥルックはそうだ。

茨城城に迎えられない冷遇された女、そんな誤解を与えてしまうと、アイヌとの間に壁が出来かねない。

「ねぇ〜お初、『側室』って呼び方から『嫁』って呼び方に統一しようと思うんだけどどうかな?」

「黒坂家としては別に良いでしょうけど、他に浸透するまではかなりかかりますよ。それにトゥルックへの気遣いなら『嫁』というより役職名を与えた方が重用されているとわかります。ほら、私みたいに守衛奉行とか」

「あぁ〜なるほど、俺が軽視しているわけでなく、さらにここに住み続ける理由を役職名として与えれば良いのか」

「そうです。ほら、城で地図を見て思ったのですが、北条家は東海岸開発に力を入れ、トゥルック達の一族は西の海に面した地に住んでいますよね?　トゥルックの母上様も正七位下樺太《からふと》軍監として幕府から正式にあの村の一帯を領地として任されているのですから、それを手助けする与力として真琴様が役職を与えてはいかがですか?っとに、なんで私が真琴様の種まきの尻拭いに頭働かさないとならないのよ」

そう言うと、お初は俺の尻をつねった。

「いたっ。だが、形だけの役職でもトゥルックがここに住んでいる意味を名で表すのは良いか……よし、トゥルックには樺太観察奉行という役目を与えよう」

「黒坂真琴が与えた役職でトゥルックのことを遊ばれた女だって誤解した者も少しは減るはずよ。それに左甚五郎《ひだりじんごろう》が造る屋敷も完成すればね」

「今一生懸命頑張ってくれてるよ。彫刻もね」

「あっ！　釘《くぎ》を刺すのを忘れてしまっていたわ。しまったぁ～」

そう言って、お初は頭を抱え塞ぎ込んだ。


樺太城には小さくドーム型とかなり異質な建物だが俺のための御殿も造られているので樺太城に迎え入れたかったが、村で産みたいと言うトゥルックの意志を尊重して村に住居を建てている。

そこでドーム型御殿を左甚五郎に任せた。

「あっしに全て任せてくだせぇ。良い屋敷建てさせて貰いますぜ」

俺の家族が住む御殿に腕の見せどころと張り切る左甚五郎。

造っているのをずっと見ている暇はないので任せて、農業改革のほうに向かいしばらくして村に戻ると、美少女がやたら彫られたドーム型御殿になってしまった。

農政改革に集中していて任せていたら左甚五郎が気を利かせてくれたのだ。

常陸国《ひたちのくに》のように工房でじっくりとはいかないものの、木は大量にある。

それに彫刻を凄《すさ》まじい速さで彫っていくのが左甚五郎。
2、3日目を離しただけで、何体も形になる。
お初が知ったときには時すでに遅し。

三角パネル全てに美少女が彫られ組み上げられたドーム型御殿、五つのドームが廊下でつながった御殿が完成した。

お初は最早《もはや》諦め、大きなため息を何回もついていた。

そんな御殿にトゥルックは目を輝かせていた。

「黒坂サマ　ステキです」

意外にもトゥルックは萌《も》えの理解者だった。

「黒坂サマ　このような彫刻　ふゆの仕事にしたいと思います　ひだり様に　手解《てほど》き　アイヌにして貰えませんか？　わたし達アイヌ　マキリ　タシロ　メノコイタ　様々な物魔除《まよ》けの彫刻彫る　でも　ひだり様の可愛《かわい》い彫刻もいい」

マキリは小刀、タシロは山刀、メノコイタはまな板。そのほか木皿などに美しい文様が彫られている。

それらは産業として十分成立する出来だが、さらにトゥルックは俺が好きだという付加価値を見出《みいだ》した。

「ああ、もちろん構わない。甚五郎、頼んだ」

「美少女萌《もえ》彫りしっかり伝えてやりますってんだい」

すると、なんでそうなるのか謎の組み合わせが誕生する。

萌美少女が鮭《さけ》を豪快に咥《くわ》えている彫刻。

ごめんなさい。

熊の彫刻ルートはなくなったようです。

祖父母の家で、ブラウン管テレビの上に鎮座していた熊の彫刻を目にしていたが、その北海道定番土産は誕生しないみたいです。

そう言えば子供の頃はブラウン管テレビでその上に置けていたけど、薄型液晶テレビにしてから見ていないような？　あれはどこに飾られたのだろう？　それに、トーテムポールみたいな夫婦？　の木彫り人形もあったはず……ん？　気が付いたときにはそれも美男子と美少女化して作られていた。

「ねぇ～トゥルック、この二人って誰なん？」

「木の小さな子供　コロポックルのような精霊　守り神　黒坂サマが見てる神の姿　このようなのでは？」

あたかも当たり前のように言うトゥルック。

「うっ誤解を与えてしまったかも。でも可愛いから良いか」

「わたし　好きですよ　これ」

「なら、いいんだけどね」


タイムパラドックスがよくわからないけど、へそくりを木彫りの熊の下に隠していたお祖父様《じいさま》、お気に入りのあの人形も美少女化した木彫り人形になっていたら、ごめんなさい。

う～、気になる。

しかし、せっかくなので、この鮭を咥えた美少女彫刻は最上義光《もがみよしあき》に送ってあげた。

鮭好きと評判なので喜んでくれるだろう。


ずっと後になると、正統派？熊の木彫りや夫婦の神様の木彫りが売られ人気となるが、それは俺の人生の終盤のこと。

しばらく、この美少女木彫りが冬の仕事として村人の腕を高めた。

◇◆◇◆◇

《最上義光》

「樺太から干し昆布や干し鮑《あわび》と共に常陸右府様からの贈り物？　干し昆布などは売って米に換えて送り返してくれとな？　うむ、すぐに手配いたそう。それに鮭の皮で作った靴は蝦夷《えみし》が作った物か？　なるほど、このように利用することも出来るとは知らなんだ。それより一緒に入っていたこの木彫りはいつぞやの絵に続いてどうしたということか？　う〜悩む……鮭は好きだ好きだが、なぜにこの娘は鮭を丸かじりしている？　儂《わし》とて丸かじりはせぬぞ？　うむ、義康《よしやす》に真意を聞くか？　しかし、こんな謎かけもわからぬつまらぬ者と思われるのも恥、どうしたものか？」

「殿、これはきっと豊漁を願ってのことではないでしょうか？　右大臣様は神のお姿をこのような姿で見ておられるのではないでしょうか？　その神様が丸かじり出来るぐらい豊漁にと願って作られたのでは？　殿の鮭好きを知っておられる右大臣様、お気づかい有り難いことで」

「お〜なるほど。ならば鮭が遡上する最上川の近くの酒田に奉《まつ》らねばならぬ。すぐに御《お》社《やしろ》を建てよ。そこにお奉りし御神体とする」

「はっ」

俺が義康からその珍事を聞かされるのは、茨城城に帰ってからのことになる。

ただの床の間の飾りのつもりで送ったのに。

御神体とされてしまったなら仕方がない。領内の神社から神主を派遣し、御神体となるべくお祓《はら》いをして貰《もら》うことになる。

萌美少女が御神体となってしまった神社、酒田萌神鮭豊漁神社として長く奉られることとなる。

◇◆◇◆◇

8月

一部の畑で、そばやじゃが芋の白い花、粟《あわ》、稗《ひえ》の茶色の花が咲くほど生長していた。

そして、トマトが真っ赤に熟しているが誰もが警戒している。

「御大将、まだ小さな畑ですが温泉を下に通して温めた土地は成功でした。風よけもまた良いみたいで、石垣に植えたトマトもこのように実りました。それに温めた水で作られた水田でも稲は育っています。ただ、今年は稲の収穫はあまり期待出来ませんね」

真田《さなだ》幸村《ゆきむら》は口から赤と青のトマトの汁を滴らせながら言う。

トゥルックがその姿に怯《おび》えていた。

「あれ、トマトっていう実の果肉だから。幸村は食べられるのを北条《ほうじょう》の者に見せていたんだよ」

「わたし　いらない」

「はははははっ、言われると思った」

そんな会話をしていると、口元を水田の水で洗って緑の稲穂を数本切り取り、実の部分を平手で擦《こす》って見せてくれた幸村。

中身はほぼ空だ。

「そうか、少し無理があったかな」

「そうとは限りません。こちらを見て下さい」

そう言うとまた同じことをする幸村。

「あれ、こっちは実が入っている」

「これは津軽《つがる》様に分けて貰った物なのですが、その中で実る物がありました。来年はこの稲を育てれば良きかと」

一際寒さに強い品種が交ざっていたようで、そちらが実を付けていた。

「よし、それを繰り返そう。そうすればきっといつかは樺太の地の物だけで飯をたらふく食えるときも来よう」

「私はその日まで田畑を続けたいと思います」

「幸村にはあっちこっち頼みたいから北条の者にしっかり指導してくれ。農業改革に秘密なし。黒坂《くろさか》家で培った技術は全て伝授して良いからね」

「はっ、御大将の例の知識も上手《うま》く隠して伝えます」

未来の知識で改革をしていることを知る幸村は、そのことを上手く隠して俺が穀物を司《つかさど》る神・天穂日命《あめのほひのみこと》の声を聞いたとして革新的なことを納得させ、下の者を動かしている。

改革は説得力がなければ反発がある。

しかし、陰陽道でここまで成り上がったと巷《ちまた》で噂《うわさ》されることを利用する幸村、やはり雇って良かった。


作物が生長する中、トゥルックのお腹《なか》も順調に育ち、8月8日、小糸小滝《こいとこたき》姉妹が出産を手伝い、丸々とした男の子を無事産んだ。

「ありがとう。トゥルック、俺の子を産んでくれて」

「名を付けて　ください」

子の顔をじっくり見る。

オッドアイ。左目は青く右目は黒い。

髪は黒色。

生まれたばかりなのにカッコいい。

よくよく見ていると、北欧神話に出てきそうなしっかりした顔立ちの息子。

「男利《おり》王《おん》と、名付けたいが良いか？」

「父から　聞いたこと　あるような　たしか夜空に住む　神　そのような名　聞いたような」

トゥルックは言う。

「夜空に悠然と輝くオリオン座は見つけやすく、俺が一番好きな星座なのだが、駄目か？」

「いえ　よろしいです　オリオン」

横になっているトゥルックの代わりにオリオンを抱いているお初《はつ》が、

「やっぱり、名前はまともなの考えるわよね。確かにこの顔だと異国の名前のほうが合っているもの」

寝ているオリオンの顔をのぞき込んだ。

それを小糸と小滝が羨ましそうに見ている。

「でれすけをのったたせんのにあの海獣の男根・玉々を食べさせる料理をいっぱい作っぺよ」

「はい、姉様、右大臣様がべっ●ょみてのったちまうくらいにしますでした」

何やら不穏な会話が聞こえた。

ごめんなさい、二人の方言を通訳してほしいお初は俺の顔を見ていたが、うん、無理。

下ネタ全開だから。

それより、

「やめてくれ、あれ、美味《おい》しくないんだから」

「いや、臭みがあるならカレーに入れてしまえば良いのでは？」

小糸が言うと小滝が、

「そうでした、姉様、カレーにあれを大量に入れてでした」

その日から俺は毎日のように、トドだかアシカだかの男根・玉々の入ったカレーを食べるよう強要された。

見た目はうずらのゆで卵トッピングカレー、しかし味は恐ろしく不味《まず》い。

精力をつけろって言われても、これにそんな効果があるのか疑問だったが、真面目な顔で作って、がっつり食べてくれって言う真剣な二人を前に食べざるを得なかった。

小糸達《たち》より先にトゥルックに子が生まれたことで断れない。

美味しくないんだけど、これ。

「あのな、精力付けさせたいなら亜鉛という成分が重要だから、牡蠣《かき》とかが良いんだぞ」

うん、失敗した。

次の日から毎日、牡蠣が食卓に並ぶ。

牡蠣御飯、牡蠣入り味噌汁《みそしる》、牡蠣のフライ、牡蠣の天ぷら、牡蠣カレー、生牡蠣。

必ず海獣の不味い生臭さが抜けない料理と共に。

「う～、唐揚げ食べたい」

次の日には海獣の男根・玉々唐揚げが出てくる日々。

お初は、

「自業自得よ。小糸と小滝も子供欲しいのに他に種まきしてるからよ」

そう言いながら鮭《さけ》のチャンチャン焼きを美味そうに食べている。

くぅ～俺も普通に鮭のチャンチャン焼きか塩焼きで御飯食べたい。

城に帰ると小糸姉妹の謎精力料理。トゥルックの住む村に逃げる。

「黒坂サマ　お二人が真面目に　子を産みたいと願っていること　わかってあげて」

トゥルックに諭されてしまう。

それはわかっているんだけど……。

◇◆◇◆◇

短い秋を目前に農業改革だけではなく保存食作りを開始する。

豊富に捕れる鮭、鱈《たら》、ニシン、トド、アシカ、アザラシ、ラッコ、海鳥などを燻製《くんせい》にする。

北の海は生物の宝庫だ。

これらの塩漬けも作りたいが塩が足りない。

「塩作りしたいなぁ」

小滝と温泉に入りながらふと考えていたことを口にすると、

「右大臣様、磐梯山《ばんだいさん》のように山塩が採れると良いでした」

「あっ！　そう言えばあるね、温泉から塩作りしてるよね」

「はいでした。弘法大師《こうぼうだいし》様が岩を割ったら出たとか言われている温泉でした」

意外なことに福島県の磐梯山付近では塩作りが行われている。

海じゃなくて山で塩？　日本で？　となるだろうが、福島県大塩裏磐梯《おおしおうらばんだい》温泉はナトリウム塩化物強食塩泉で、太古は海だった地層から磐梯山の地熱で湧く温泉に塩が染み出すのだ。

「あそこ温まって冷えに良いんだよなぁ、山塩作りも一度は廃れたけど復活させて飲食店やお土産に使われていたっけ……そう言えば見学させてもらったなぁ～、サウナみたいに暑くなる小屋で廃材木材を燃料にして煮詰めていたっけ。山塩使った喜多方ラーメンも美味《うま》かったなぁ～……」

「右大臣様、めっ！　あまりそういうの口に出さないでくださいでした」

不用意に未来のことをポロリと口にすると、小滝が可愛《かわい》く叱った。

俺の癖を注意するよう茶々《ちゃちゃ》やお初に言われているそうだ。

「ですが、常陸《ひたち》の城で食べたラーメン食べたくなってしまいました。明日は姉様とラーメン作るでした」

「あの変な物入れないでね、トドとか。さっぱりした海鮮ラーメンが良いなぁ」

そう言うと小滝はニコニコしていた。

次の日、やたらと獣臭くなる変な物は入っていないが、たらば蟹《がに》が一人1杯載っかる、昆布の出汁《だし》と蟹を煮た汁を合わせたラーメンが夕飯に出た。

スープめっちゃ美味しいのだけど、やたらと食べにくい。

鶴美《つるみ》は小さい口、そして箸より重い物を持ったことがないような貧弱握力姫様。悪戦苦闘していると、お初が見かねてバリバリと割ってあげていた。

二人はいつの間に仲良くなったのやら？


塩に話を戻して、温泉を煮詰めて作る塩、江戸時代などは盛んに作られており、俺のいた時代でも名物として売られていた。

海水から作るより効率が良い。

それでも煮詰めるため、燃料は必要。

大量の薪を消費する。

それは避けたい。

樺太《からふと》で石炭採掘をと考えるが、人手は農業改革に回している。

しばらくはそちらに集中することとなるだろう。

もっと簡単に取れる薪に代わる燃料はないかなぁ。

しばらく考えると、やはり大好きなクイズ番組の一コマを思い出した。

それはツンドラと呼ばれる永久凍土だ。

冬、落ち葉や苔《こけ》などが凍り付き夏には表面が溶ける。

それが繰り返され作られた地層、泥炭なら取りやすい。

塩作りの燃料にも、ストーブにだって活用できる。

よし、これはアイヌ民の協力で泥炭採取を試みて貰《もら》おう。

泥炭、言い換えれば新しい石炭、化石になる前の石炭だ。

地表、もしくはそのすぐ下にあり、採取は石炭より簡単。場所さえ特定できればスコップで掘るだけ、あとは天日干しすれば燃料として使える。

樺太改革の燃料は先《ま》ずは泥炭としよう。

トゥルックの母親に頼むと心当たりがあるらしいので、うちで作られている鉄製農機具やスコップなどを分けて頼んだ。

温泉も一際塩っ辛い泉質があるとのこと。

温泉を煮詰めて作る塩作り法を伝授して塩作りを試みる。

加工した肉、魚は燻製にして、囲炉裏《いろり》のある部屋の天井に吊《つ》るしておけば保存食になる。

人を撲殺出来そうになるくらいやたら硬くなるが、水にしばらく浸けておけば軟らかくなり食べられる。

水分落としをまとめてする小屋で燻《いぶ》しているのを見ていると、

「この部位は燻製にして持ち帰りましょうでした」

「滋養強壮・精力の漢方をいっぱい作らなくては」

小糸小滝姉妹の嫌な予感しかしない会話が聞こえてきたが耳を塞いだ。

そう言えば、アラスカとかだとアザラシに海鳥を詰めて地中に埋め腐らせ、海鳥の内臓が液状化した物を食べるキビヤックなる、俺が知る中で一番不思議な製法の食べ物がある。

前回は考えないようにしていたが、ビタミン豊富な食材なので、脚気《かっけ》対策として試してみるか。

ん〜だが踏ん切りが付かない。

ましてや誰が作る？　梅子《うめこ》なら躊躇《ちゅうちょ》なく作れるだろうが小糸姉妹はそこまで料理は手慣れていない。

今回も先送りとしていずれ試してみよう。

極異臭珍味《きわみ》が出来るのは間違いないだろう。

それ食べる勇気は持ち合わせていない。

食べ方が凄《すご》い。

発酵した海鳥の尾をむしり取ってお尻から吸って食べる。

うっ、考えただけで食欲が減る。

調味料として使うこともあるそうだが、想像を絶する味がしそう。

今一度忘れよう。


捌《さば》いた鮭、ニシンには大量の腹子があったため、ニシンの卵は塩漬けにしお土産にする。

鮭の卵はいくらにする。

鮭の卵は脆《もろ》そうではあるが、意外に堅い。

目の粗いザルで卵をほぐし、サッと湯通しする。

お祖父様《じいさま》は安いテニスだかバドミントンのラケットで卵を解《ほぐ》していたなぁと思い出す。

湯通しすれば白くなってしまう卵だが、あらかじめ用意しといた塩を酒で溶いた漬けダレに投入すると、あら不思議、また、紅色の綺麗《きれい》な卵に復活する。

それを一晩放置すれば、黒坂《くろさか》家伝来のいくらの塩漬けが出来上がる。

これは保存食ではないので、いくら丼にして皆で食べた。

飽きるほど。

なんとかありつけた秋鮭に舌鼓を打っていると、外は紅葉で色づき始め寒い季節に移り変わろうとしていた。

今回、少ないながらもなんとか、そば、稗《ひえ》、粟《あわ》、じゃが芋、トウモロコシ、トマトは実り収穫も無事に出来た。

乾燥させて保存食に出来る物は燻製小屋で強制的に乾燥させ加工し、冬の蓄えとさせた。

北条氏規《ほうじょううじのり》が約束通り、鹿島神宮から分社して祀《まつ》ってくれた樺太鹿島神社に奉納し収穫祭の秋祭りを行い、その日は黒坂家、北条家、アイヌ民関係なしに皆で同じ物を食べ酒を飲み、踊った。

トゥルック達が口琴・ムックリや五弦琴・トンコリを披露してくれると小滝《こたき》が興味を持ち、習っていた。


今年の冬の食料確保も目途がたち、帰る準備を始める。

《小《こ》糸《いと》姉妹とトゥルック》

トゥルックの出産の助産師をした二人は年齢が近いこともあり、急速に仲を深めた。

そんな3人はトゥルックの御殿で、

「口琴、難しい。でも好きな音色でした。右大臣様もお好きな音色の御様子、上手《うま》く奏でたいでした」

「あなたにあげる　オリオン産む　手伝ってくれた御礼《おれい》　少しの気持ち　あとコンカネも」

口琴と一緒に差し出されたコンカネ・砂金は、米2合が入るくらいの巾着袋にいっぱいだった。

「口琴は有り難く貰うでした。でも砂金は受け取れないでした。右大臣様の子は私達《たち》にとっても家族、それが黒坂家でした。だから礼をお金で受けるは変なのでした」

遠慮してそのまま返す小滝だったが、それを小糸が取り上げた。

「馬鹿、でれすけの子がここにいるのよ。だったら常陸から薬草送ったりしないとならないでしょ？　子供はすぐ病気になるんだから、南蛮渡来の薬草で、でれすけが言う免疫を高めさせないと。それにアイヌの言葉と大和言葉をわかりやすくした書物も作らせないといつまでも通訳が必要になる。学校で作らせるつもりだけど人を雇わないとならないからお金必要でしょ？　この砂金はそういうことに使わせて貰うわ」

　現実的な小糸はそれを受け取ると、すぐにしまった。

「使い方　まかせる」

「トゥルックやオリオンのために使わせて貰うわ。それよりもっと教えなさいよ、口琴。でれすけが気に入ってるんだから習得しないと」

「もう姉様、そろそろ『でれすけ』と呼ぶのやめてくださいでした」

「良いのよ、本人が喜んでいるんだから。それより小滝の官位呼びのが家族としてどうなのよ？」

「そんなこと言ったら黒坂家に入ったはずのトゥルックさんが黒坂様と呼ぶほうが変でした」

「ん？」

　首をひねるトゥルックに対して小糸が、

「貴女《あなた》自身も黒坂の名字を持っている身なのよ」

「あ～なるほど　わたしも黒坂か」

「常陸の国に来たら特別視される名字よ」

「よくわからないが　いまさら　呼び方変える　変」

「そうよね、私も今さら『でれすけ』から名前呼びってこっぱずかしくて出来ないわ」

謎の恥ずかしさがあるらしく小糸は躊躇《ためら》いを見せた。

「姉様も官位呼びにしたらどうでした？」

「嫌よ。どうせすぐ官位上がるでしょ、でれすけの働きは凄いもの。上様にも重用されているし」

「姉様、でれすけと罵っておきながら認めているっておかしいでした」

「でれすけ　って　意味は？」

姉妹の会話から気になったトゥルックは聞いた。

「だらしないとか、阿呆《あほう》とか馬鹿とかそんな意味よ」

「ん？　どれも黒坂サマ　ちがうような？　真面目に働く　優しくて強い男」

「女にはだらしないし、部屋なんて凄く散らかすんだから」

「あはははは、確かに絵を描き始めると酷《ひど》く散らかすでした」

「ねぇ、アイヌの言葉で強い男ってなんて言うのよ？」

小糸がトゥルックに聞くとしばらく考え、

「『ユプケ』が強い　『オッカヨ』が男」

ユプケの『プ』の発音が小さい独特の調子で言うと、それを一生懸命真似《まね》する小糸。

「ユプケオッカヨ。難しいわね」

「姉様、それで呼ぶ気ですか？」

「ん〜……舌噛《か》みそうだからやっぱり、でれすけだわ」

「も〜姉様、強い男と認めているなら少しは敬意を見せて下さいでした」

「良いのよ、罵られて喜んでるんだから」

　そんな噂話《うわさばなし》をされているとは知らずに、高床式ドーム型穀物小屋を検分していた俺は大きなくしゃみを繰り返した。

「びゃ〜くしょん、びゃ〜くしょん」

「汚いわね〜、それよりまた風邪？　ほら、トゥルックが作ってくれたこれ羽織って」

　トゥルックが縫ってくれた、紺色に白い模様が施された樺太アイヌの着物テタラペをお初《はつ》が肩にかけてくれた。

「ん〜風邪と違うと思うんだけどなぁ」

「はいはい、女にだらしないでれすけと噂されているんでしょうよ」

「お初まで、でれすけって……」

「ねぇ〜なんで小糸にその磐城《いわき》？　の方言で呼ばせるの許しているの？」

「え？　だってそのほうが上下関係ない感じで良いじゃん。桃子《ももこ》に『おにいちゃん』って呼ばせているのと同じだよ」

「まっ、真琴《まこと》様が気に入ってるなら別に口出しはしませんけどね」

◇◆◇◆◇

１５９１年10月末

俺は使い物にならなくなったかのように丸まっている。

冷えを避けるために和式愛闇幡型甲冑《かっちゅう》を着て丸まるとアルマジロみたいになる。

だが今回は、簡単には帰れない。

息子もいる。

「トゥルック、常陸《ひたち》に帰るがどうだ、付いてくる気はやはりないのか？」

囲炉裏を挟んで俺のために アイヌ特有の布地で縫い物をしているトゥルックに改めて聞くと、

「母もいる　村も気になる　ここにいたい　ここで暮らすことを選ぶ」

トゥルックは言う。

「俺は常陸にも家族がいるし仕事もあるから帰るが、本当に良いか？　寂しい思いしない？」

「わかっていること　覚悟していたこと　でももう寂しくはない　オリオンがいる　そし

てここに立派な家もある　食料もある　オリオンは責任持って育てる　どこにいようとわたし　黒坂サマの嫁」

トゥルックは言ってくれる。

「そうだな。どこで暮らしていようとトゥルックは俺の嫁だ。俺の嫁だからトゥルックも黒坂なんだけどね。まあそれは良いとして、出来る限りここに通えるようにはするさ。何かあったら北条氏規に頼んで知らせてくれ」

俺は予備の太刀と、トゥルックが俺の嫁であり、オリオンが俺の息子であることを書いた証文を渡す。

さらに村の入り口に作らせた木戸と、ドーム型屋敷前に作らせた木戸に抱《だ》き沢瀉《おもだか》の家紋を甚五郎《じんごろう》に大きく彫って貰《もら》った。

「何かあれば北条氏規を頼ってくれ」

「はい　わかっています」

そう言うと、トゥルックは俺にラッコの皮で作られた長半纏《ながばんてん》を背中からかけて後ろから抱きついてきた。

「来年の春　またきて　くれますか？」

「約束は難しいかな。色々国造りに働かねばならないから。だけど出来る限りは来たい」

「はい」

俺は振り向きトゥルックを抱きしめ直す。

隙間から覗《のぞ》くお初、小糸、小滝、鶴美《つるみ》が縦一列に並んで向けてくる視線が気になるが、気づかない振りしてしばらく抱き合っていると、オリオンが泣き出した。

「父は帰るけどまた戻ってくるからなぁ」

オリオンを抱き上げる。

するとまた眠りに入る。

4人が空気を読んで消え、良い雰囲気になりかけたとき、

「失礼します。護衛役を5名選任いたしましたので御報告を」

宗矩《むねのり》が入ってきてしまった。

「護衛役？」

「はっ、この村に住んで御大将の御子息を御守りする役にございます」

「強制ではないよね？」

「ご心配なく。今回の開墾で村人とねんごろになった者がいましたので」

俺だけではなく家臣も恋愛していたのね。

「なら、任せるよ。その者にこの村の護衛を命じる。さて、常陸も気になるし帰るか」

《鶴美と北条氏規》

「父上様、アイヌのあの娘が産んだ子は常陸様の子なんだから何が何でも大きくさせなさいよね」

「あぁ、常陸右府様から頼まれた。この樺太《からふと》の暮らしを助けていただいた恩はしっかり彼らに返すつもりだが」

「ちゃんとわかってる？　絶対に大きく育てないと大変なことになるんだからね！」

「わかっているが、鶴美、人の心配が出来るようになったのか？　父は嬉《うれ》しいぞ」

「何泣いてんのよ。赤の他人の心配なんて出来ないわよ。でも常陸様は家族を何よりも重んじるんだからね！　私だって常陸の国で良い暮らしをさせて貰っているんだから、ここで暮らしている常陸様の家族は私の家族でもあるんだから心配して当然でしょ！　私の暮らしがかかっているんだから！」

「そうか、そうか、わかったぞ鶴美。お～本当にあの冷たい鶴美がこんな思いやりのある娘に育つなんて、父は嬉しいぞぉぉぉぉ」

「勘違いしないでよ馬鹿！」

◇　◆　◇　◆　◇

俺は翌週、冬から逃げるように南蛮型鉄甲船に乗り込む。

俺たちが帰ることで６００人分の食料が確保出来る。

厳しい冬を迎える地にとってそれは大きく運命を左右する。

そして、冬の海は荒れ流氷も南下するので、風と海流任せの船では帰ることを困難とする。

もし、常陸の国や幕府に何かあっても対応出来なくなる。

茶々《ちゃちゃ》や力丸《りきまる》、家臣達《たち》を信頼しているが、常陸国の改革も道半ば。やるべきことは多く、閉ざされた地で静かに春の訪れをただ待つことは出来ない。

残ると決めたトゥルックは港に出て大きく手を振ってくれていた。

樺太を離れる船から見えなくなるまで俺は島をひたすら見ていた。

必ず会えると保証出来ない家族。しかし絶対に帰ってくると心に決める。


飛行機があれば良いのに。


せめて流氷に勝ち風にも左右されない船を造ろう。

絶対に造ってみせる。

二度目の樺太の旅が動力を持つ船の建造を決意させた。

10日間の船旅を終え鹿島港に帰港する。

鹿島港に入港したあと、鹿島神宮に行って二度目の樺太開発の旅が無事に済んだことを感謝し、少々だが樺太で収穫した作物を奉納した。

１５９１年11月初頭

茨城城に約半年ぶりに帰城。


道中の田んぼは稲刈りを終え、脱穀した藁《わら》を束にし円柱状に積み重ねて冬場牛の餌などに使うため『わらぼっち』を作っている。

常陸の国でも冬へ向けて、準備が行われていた。

その農民たちが手を休めて帰国を歓迎してくれている。

幸村《ゆきむら》の留守中、農民とともに働いているのぼうは、そのわらぼっちの上から慌てたのか転げ落ち、笑われながら子供達に手を貸されながら起き上がって手を振った。

相変わらず、大人達が農作業をしている間、子供達に目を配っているらしく、大人達は安心して働けると評価されているが、時たま農作業をやりたくなってしまうらしく、邪魔になるらしい。

しかし、下野《しもつけ》から送られてくる石灰での土壌改良試験などは真面目にしている。

そろそろ城を与えても良いかな。

大きく手を振り答えながら城に入ると大手門が開かれ、茶々達が整列して迎えてくれた。

「御無事のお帰りお疲れ様でした。あら、珍しい。今回は側室増えなかったのですね？」

にこやかに迎えてくれた茶々が夜叉《やしゃ》のような顔に変わったのはすぐだった。

「姉上様、真琴様は前回の樺太の渡航ですでに種付けをしておりました。村長の娘でタロジロをくれた者が男の子、男利王《おりおん》を産みましてございます」

お初が茶々に教えると、

「見当たりませんが隠しているのですか？　私はその件は許しましたよね。ちゃんと育てなくては」

恐《こわ》い目つきに一瞬で変わった。

「いや、向こうに住み続けたいと言うので、屋敷を作り、村人の娘達とねんごろになった家臣を置いてきた」

「お初に刺されなかったということは、お初は認めたわけですから仕方ないでしょう。ですが、黒坂《くろさか》家の血を受け継ぐ者なら私の目が届くところで育てとうございました。次からはこの城に連れてくるようにしてください」

「はい、努力はします」

「怒ると誰よりも恐い顔するんだね、茶々様」

鶴美がお初の袖をちょんちょんとひっぱりボソリと言った。

そう、本当に恐いのは茶々だ。

茶々は俺がちゃんと段取らずに子供まで作ってしまったことに対し、他の側室の不満を一手に引き受けたように怒った。

なんとか怒りを静めて貰い、城に入り桃子《ももこ》が待つ部屋へと向かう。

「お帰りなさい、おにいちゃん。9月10日に生まれましたおにいちゃんの子、男の子にございます」

相変わらず字面にすると凄《すご》いな。

丸々した赤ん坊に授乳中だった。

桃子のおっぱいなら、さぞ多く出るだろう。

「おぉお、無事に生まれて良かった。ありがとう桃子。名前だな？　次男を男利王と名付けたからな、よし三男は北斗《ほくと》にしよう、北の夜空に輝く北斗七星は妙見菩薩《みょうけんぼさつ》とも言われる神聖な星座、陰陽使いの俺にとっても特別な星座だからな。妙見菩薩様に見守られながらしっかり育つよう願おう」

やはり今回も後ろで見守っていたお初《はつ》が、

「やっぱり、まともな名前つけるわよね。妙見では仏門に入りそうだものね」

御約束の如《ごと》く言っていた。

おなかいっぱいになった北斗をしばらく抱いたあと、溜《た》まっているだろう帳簿などに目を通すために自室がある天守に向かう途中、武丸《たけまる》がタロに乗って散歩をしていた。

大きな大きな立派な樺太犬に育っている。

2歳児なら余裕で軽々乗れる大きさ。

しかも嫌がる素振りも見せず武丸を乗せて散歩している。よき相棒になれたようだ。

次、樺太に行ったら雌も譲って貰おう。

武丸は、

「おかえりなさい、父上様」

タロを止めようとしていたが、タロはそのまま歩き続けてしまった。

言うことはなかなか聞かないのか?

結局武丸は城内のいつもの散歩コースを回り終わるまで下ろしては貰えなかったらしい。

彩華《いろは》と仁保《にほ》は俺の姿を見ると走り寄ってきて、

「「おかえりなさいませ」」

足に抱きついてきたので二人いっぺんに抱き上げるとずっしりくる。

半年の間に随分と体重が増したようだ。

「ただいま、元気そうでなによりだ」

再会を喜んだ。

このあと、人見知りの始まった那岐《なぎ》と那美《なみ》には大泣きをされてしまったのは仕方がないことだろう。

家族みな元気な姿に安堵《あんど》した。

《茶々とお初》

茶々はお初を茶室に呼び出した。

二人だけで大切な話をするために。

「トゥルックという娘はどうでした？」

「綺麗《きれい》な方、そして芯のある方とお見受けしましたが」

「黒坂の名を使って何か企てそうな様子は？」

「それはないですよ姉上様、今までの生活を続け森とともに暮らしたいと心から願っているようでしたから」

「そう、野心に満ちているなら才蔵《さいぞう》にでも命じなければと思っていたのですが」

「真琴《まこと》様の子共々ですか？」

「私は黒坂家を守ることが何よりも大切。だからこそ手元で、この城で育てたいのに、真琴様はそれをわかっていないご様子。この家を壊しかねない者は容赦しないと決めています。真琴様に恨まれようと。しかし、そのような娘で本当に良かった」

「むしろ鶴美《つるみ》のほうが？」

「あの子はただ強がっているだけよ」

「確かに昔の私のように意地を張っているだけではありますけど。それに目の届くところにいるのでいつでも始末出来ますが。私は樺太《からふと》に残して来た子が北条《ほうじょう》に傷付けられないかと心配で、宗矩《むねのり》に命じて警護を残させてきました」

「あら、お初にしては中々用心深いこと」

「姉上様、私も兵を率いる身ですよ」

「ははははっ、そうでしたわね」

「私だって黒坂家を守るために色々考えていますから。真琴様が大切に思うなら私はそれを守りたい」

「あら、そうなると私と争うこともあるのでは？」

「同じ黒坂を守るためなら良い争いかと」

「そうね。真琴様が語られた歴史では私達三姉妹は敵味方。でも家のことでの姉妹喧嘩《げんか》ならしたいものです」

「ん～姉妹喧嘩を始めたらお江《ごう》に眠らせられそうですが？」

「ははははっ、確かに。お江は真琴様第一としか考えていませんからね。真琴様が嫌う家族の争い、止めるでしょうね」

「家としては考えてませんよね、お江は」

「まぁ～それがお江の良いところなのでしょうが」


お江は静かに床下に忍びそれを聞いていた。

「私はこの生活を守りたいだけ。ただそれだけだよ、姉上様」

城に帰ってきて数日、執務をしていると反射炉が完成し、製鉄を行ったとの報告があがってきた。

執務の合間に那珂川《なかがわ》の河口近くに建てられたら反射炉を視察に行く。

反射炉は、史実歴史線でひたちなか市にある復元反射炉と瓜二《うりふた》つの物が完成、煙をもくもくと出し続けていた。

「殿様、製鉄は出来たのですが、どうも質がよろしくないのですよ。脆《もろ》くて、このままでは大砲などには使えませんぜ」

出来上がっていた鉄の塊を見せて報告してくるのは、反射炉製造責任者である国友茂光《くにともしげみつ》。

「脆い鉄？　ん～不純物が多いってことかな？　燃料って石炭だよね？」

「伊達《だて》様が五浦《いづら》城近くの領地で採掘を始めたばかりの石炭ですが」

「ん～……あっ！　石炭ってそのまま使わないいんだよ。えっと確か蒸し焼きにして不純物を取らないと製鉄には向いていないんだよ」

「蒸し焼き？　それは炭を作るようなことでございますか？」

「そうそう、確か蒸し焼きにした石炭をコークスと言って、それなら不純物が除かれて製鉄に使えるんだよ」

「なるほど、ではすぐにそのコークスとやらを試作してみます」

石炭には硫黄などの不純物が含まれていて、そのまま製鉄に使えば鉄に余計な成分が混ざってしまう。

日本の石炭埋蔵量は平成の終わりでも相当量残っているが、廃れた理由の一つに石炭の品質があると聞いた。

それに埋蔵地層が深く採掘が困難。地中奥深くを掘り進める日本産にくらべ、露天掘りの海外産のほうがコストがかからない。

そのため安く、そして石炭に代わる天然ガスや石油が安定して輸入されるようになったことで昭和の終わりには廃れていった。

しかし、ちゃんと加工すれば使える。

うちは耐熱煉瓦《れんが》も自作で、その焼き物技術で、陶器作りも盛んになっている。

炭作りだって盛んだ。

その技術職人が集まれば、作ろうとしている物が明確なら、作り上げることは容易《たやす》い。

試行錯誤を重ね、この半年後にコークスの製造に成功し、1年で反射炉による製鉄は軌道に乗る。

常陸国《ひたちのくに》の一大産業に発展していく。

この時間線で後の世に『常陸発・工業革命』と教科書に載ることになるはず。

俺の名前もそこに刻まれると良いな。

◇◆◇◆◇

小糸《こいと》姉妹が珍しく改まって大切な話をしたいというので茶室で3人になる。

小糸が点《た》てた茶を1杯飲んで、

「で、話とは？」

「その、右大臣様は人の体をどこまでご存じでした？　あの子種のこともそうでしたが、私達《たち》には知らないことが多くて御教授を願えないかとでした」

「回りくどく言っても駄目よ、小滝《こたき》。でれすけわかってないから。率直に言うわ。人の体を開けて見てみたいのよ。異国の書物にあったのよ。腑分《ふわ》けしている医術書。でも文字は読めないし、絵だけではわからなくて。こんなこと言えば嫌われ、ここを追い出されるかもしれないとわかっていても、医術を究めるには必要なのよ」

二人の真面目な話は、人を解剖をしたいという、医学的にはなんらおかしな点はないこと。

だが、この時代の日本でそれは口にすることすら異常とされる。

「そういうことか。確か大宝律令《たいほうりつりょう》で禁止されていたんだっけ？」

「右大臣様、ごめんなさいでした。もう考えないので追い出さないでくださいでした」

「私はでれすけのためにもなるからしたいのよ」

「まぁ、落ち着いて。二人は知っていることだから言うけど、未来では解剖は医術を学ぶ者はするんだよ。それに体内に出来た病巣を切除しないと助からない病気もあるから、手術と言って強制的に眠らせた患者のお腹《なか》や頭を開く医術もあるんだよ」

「えっ！」

「私達、変なこと言ってない？」

「大丈夫、追い出したり嫌いになったりしないから。真面目に医術を究めようとしている二人を偉いと感心するくらいだよ」

そう言うと、小糸と小滝のカタカタと小刻みに震えていた手が少しずつ止まった。

余程覚悟のいる告白だったのだろう。

「安心して、医術に関することなら今までの常識にとらわれないで相談してね」

「はいでした」

「話のわかるでれすけで良かったわ」

大きく息を吐いて張り詰めた緊張の糸を切る小糸。

「俺は素人だし腑分け、解剖の経験も当然ないし、ちょっと立ち会うと倒れそうだから、絵とつたない知識で五臓六腑《ごぞうろっぷ》のことくらいなら書いて教えられるけど、問題は検体だね。これは慶次《けいじ》と相談かな。罪人とか、病死した者とかだろうけど」

二人は既に薬の実験を、死罪が言い渡された罪人で行っている。

これは麻酔薬開発のために許可したもの。

「ちょっと時間頂戴、慶次と相談するから」

「はい、お任せいたしますでした」

「御主人様の申す通りにいたすっぺよ」

「小糸、今更小糸からそれで呼ばれるとむず痒《がゆ》いからやめて」


罪人の裁きを任せている慶次に事の次第を説明すると、

「へ～腹の中やら頭の中を見るって、すげえことするな未来の薬師、おっとあまりに突飛抜けたことを御大将が言うから口が滑っちまった。だが、確かに役立ちそうだ」

「二人には医術を究めて多くの人を助けてほしいから協力を頼みたいんだけど、必ず守ってほしいことがあるんだよ」

「なんですか？」

「二人が解剖する罪人は、確実に罪を犯し認めている者、そして死刑後斬られることを納得した者であること」

「なるほど、御二人《おふたり》がいくら医術のためとはいえ繰り返せば心を痛めかねないからとの心遣い、わかりますぜ。もう御大将とは長い付き合いなので」

「大丈夫かな?」

「異国への人売り、親殺し、子殺し、女を犯し殺《あや》めた者、物を奪うために人を殺した者、そして御大将の秘密を探っていた忍びなど、火炙《ひあぶ》りや釜ゆでなど苦しんで死ぬ刑を言い渡していますが、薬で楽に死ねる方法とどっちが良いか選ばせれば出てくると思いますぜ。というか、お江様やお初《はつ》様が始末してる城に忍び込んだ者のほうが良いのでは?」

「あ〜確かに確実な有罪だからか」

「忍びは死ぬことや捕まって拷問にかけられることを覚悟して忍び込むものですから。そのあたりの遺体ならすぐに出ます」

「そのあたりの遺体がってまだそんなに忍び込むのか……」

「そりゃ〜織田《おだ》家随一の知識を持つ御大将の秘密をみな知りたがっていますからね」

「成功している技術は幕府を通して広めているのになぁ。仕方がないか。それより解剖、あまり外に噂《うわさ》として広まらないように秘密裏によろしく頼むよ」

慶次に遺体の手配を頼むと早速、小糸達は解剖を始めた。

始めは心を痛める心配をしていたが、医学の進歩のためと強い志を持つ二人にはそのようなことはなく、熱心に体の仕組みを学んでいた。

ちなみに、小糸達が読んでいた異国の解剖書を見せて貰《もら》うと、レオナルド・ダ・ビンチが書いた解剖書の写し。

茶々《ちゃちゃ》が医学に役立つならと金に糸目をつけないで買った書物の中に入っていたそうだ。

「くぁ～これは大切に取り扱って、うちの宝とすべき書物だから」

「右大臣様、読めないのにですか？　でした」

「レオナルド・ダ・ビンチ、もう未来ではもの凄《すご》く高額で取引されるんだから、写し本でも」

「へ～こんなのがねぇ～」

小糸はあまり納得していなかった。

◇◆◇◆◇

年の瀬を前に左甚五郎《ひだりじんごろう》から笠間稲荷《かさまいなり》神社の山門の落成式を行いたいと連絡が入ったので、参拝を兼ねて参列することにした。

水戸《みと》街道は山内一豊《やまうちかずとよ》により整備が進み陸路も太い道路でつながったため、移動も楽になっている。そのため、旅行がてらに行く。

仕事の合間が良いタイミングだったお江《ごう》、小糸、小滝、ラララ、リリリ、鶴美《つるみ》も牛車職人に作らせた馬車に乗る。

狩野永徳《かのうえいとく》の人脈フル活用。

京都から牛車職人を呼んで作らせた馬車。

試験的に生産を開始している。

牛車職人も左甚五郎配下として雇い、左甚五郎率いる大工集団協力の下、作られた。

馬車は側室達が使うので萌《も》えない装飾、龍や鳳凰《ほうおう》で飾られている。

昭和の霊柩《れいきゅうしゃ》車みたいな煌《きら》びやかな外装になってしまった。

中は畳が3列縦に並ぶ9畳、側室達全員移動出来る広さがある。

馬は4頭引き、一応試作品だがクッションに板バネも付けてある。

ガツンガツンとした砂利道の突き上げる揺れはないものの、上下左右に揺れるので、乗り心地の改良は必要だな。

「流石《さすが》、噂の黒坂《くろさか》家ね。こんな乗り物を持っているなんて」

鶴美が珍しさに感動している中、

「う～馬車も気持ち悪い、おえぇぇぇぇぇ」

小糸は酔っていた。

船と同様に乗り物にもの凄く弱い小糸、

「姉様、お薬でした」

怪しげな薬を飲むと、またしても深い眠りに就いた。

今度は目覚めるのに何日かかる物なのだろうか？

馬車は壁に薄い鉄板が仕込んであり、弓矢、旧式火縄銃の弾なら防げる。

宗矩《むねのり》的にはアームストロング砲にすら耐えられる造りにしたいらしいが、そんなことにしたら馬は何頭必要なのだろうか？

それに間違いなく木で作られた車輪は重みで砂利道にめり込む。

実用化は今の技術ではまず無理だろう。

朝、茨城城を出て夕方には水戸に到着、水戸城で山内一豊夫妻の歓迎を受ける。

「常陸様、ようこそおいで下さいました。さぁさぁ中へずずずぃ～と」

山内一豊の妻・千代《ちよ》は相変わらずだ。

大洗が近いので海の幸、刺身が食べられると期待していたが、相変わらず全て火が通った魚介類だった。

美味《うま》いのは美味いのだが、残念だ。

山内一豊は山側に移したほうが良い気もするが、水戸の町の発展と水戸街道の発展に貢献しているため、むやみに領地替えが出来ないのが悩みどころだ。

「常陸様、いかがですか？」

「母上様、ひたち様は生のお魚が好きなんですよ～」

水戸に一時帰っていた与祢《よね》が俺に代わって言ってくれると、

「生魚はいけません。食あたりなどなったら大変、御大将になにかあれば切腹をいたさねば」

真面目一徹の言葉が似合う一豊が言う。

「だから、うちでは勝手な切腹は許さないからね！っとに、食あたりくらいで家臣に切腹されていたら何人いたって家臣足りないから。それに生魚の食あたりって余程鮮度が悪くないならアニサキスっていう寄生虫が原因だから防ぐの難しいんだよ。身の奥まで解剖してたらみんなすり身になっちゃうから」

「あにさきす？　白い虫のことですか？」

「そうそう、あいつらは胃酸にも強いからね」

その会話を聞きながら肉厚の常磐物《じようばんもの》平目の煮魚を喜んで食べていたお江が、

「ねぇ～マコの知識でそれ退治する薬出来ないの？　小糸ちゃん達に作らせれば良いのに」

「あ～アニサキスにも効くってのあったなぁ。ん～小糸、あとで書にしたためるから作ってみて」

「ってあれ小糸？」

「姉様はうつらうつらとまだ夢の中を行ったり来たりなので」

「あぁ、やっぱりまだ完成してないのね」

「はいでした。魚の虫退治、私が引き受けるでした」

「うん、頼むよ」


アニサキスに効果のある薬の開発、それがしばらくして大いに役に立つ日が来ることになる。


そして次の日、笠間に向かう。

山道も街道が整備され旅路は順調に進む。

近づくと見えてきた物……？

馬車を下り駆け寄る。

「はい？」

やらかしました。

誰が？

今回は俺は指示していない。

左甚五郎と笠間稲荷神社神主・佐伯崑々《さえきこんこん》に任せたのだが、真っ赤な大鳥居をくぐり見えてきたのは朱塗りの大きな山門、上部には16体の狐《きつね》が。

稲荷神社なのだから狐で良いのだけど、萌《もえ》美少女化した狐が彫られていた。

しかも一体一体が大きく、誰が見てもすぐにわかる。

隠れ萌美少女狐だったら遊び心として笑えるのに。

それはまるで平成歴史史実線で見た日光東照宮の三猿の彫刻のように、人間の一生を表しているかのような彫刻。

なぜに美少女化した狐で彫った？

狐で普通にそのままやってよ！

流石の俺も額から汗が吹き出す。

まさか笠間稲荷神社が美少女彫刻化してしまうなんて。

さらに、門の扉が驚き。

俺は左甚五郎に参考下絵をいろいろ渡しておいたのだが、そこからチョイスされたのは、物静かな美少女がオタクに毒されてしまう名作ライトノベル。

その登場人物。

左の門戸では先輩天才ライトノベル作家が巫女《みこ》服姿の白狐化している。

しかも、ないはずなのにストッキングまで表現され、右足を『舐《な》めなさい』と言うかのように突きだしている。

艶やかな黒い染色に透き通って見える足指、リアルだ。

間違いなく天才絵師・狩野永徳も携わっているのがわかってしまう。

右の門戸では、冴《さ》えない美少女が、「なんだかな〜だよね」と言いたげな、にこやかな笑顔で参拝客に微笑《ほほえ》む感じだ。

なんだかな〜なのは、この門の彫刻だよ！

知らぬ間にやらかしてるやん。

そして、門の中央上部になぜか眠り猫みたいに美少女幼なじみイラストレーターが下を睨《ね》めつけていた。

美少女幼なじみは門戸を二人に取られてしまったから上から睨《にら》んでいるのか？。

下絵だけで3人の関係性と個性を汲《く》み取る天才・左甚五郎は、見聞色の覇気でも持っているのではないかと思ってしまう。

「いやいやいやいや、これは俺はその好きだから良いのだけど、どうしてこうなった！　以前造らせた鹿島神宮の山門くらい萌えは隠れていると思っていたのに」

隅まで門を眺めていると、

「良いでしょう」

佐伯崑々が後ろから声をかけてきた。

「いや、神主が良いと言うなら構わないのだけど、本当に良いの？」

「これの完成を楽しみにしている者達《たち》から噂となり、まだ落成式前だというのに参拝客が増えましてございます。それに近くに住む子供達が毎日この門の周りで楽しげに遊んでおります。神社は神様を敬う場所ではありますが、近付きがたい場所ではいけません。親しまれる場所でなくては」

「責任者が満足しているなら、良いのだけど」

お江とララ、リリリは喜び、小糸《こいと》と小滝《こたき》は呆《あき》れ顔《がお》。鶴美は、

「こんなの神社じゃないわよ～」

叫びながら走ってどこかへ消えてしまった。

才蔵《さいぞう》が護衛はお任せ下さいと後を追いかけていった。

逃げ込んだのが、笠間城で以前、高山右近《たかやまうこん》が建てさせた南蛮寺。それに驚き、さらにカルチャーショックを受けたそうだ。


「お殿様、落成式に際しまして名を付けていただきたいのですが、この山門の名を」

佐伯崑々は言う。

俺はじっくり山門を眺め、

「美少女萌狐朱塗山門と名付けよう」

「はっ、良き名をありがとうございます。寄進していただき誠にありがとうございました」

お初《はつ》に見られたら絶対蹴られるな俺。

携わっていないのに間違いなく俺のせいにされるだろう。

お初をここには近づけさせないようにしないと。

しかし、笠間稲荷神社、俺の時代では県内屈指の初詣スポットとして賑《にぎ》わい、秋は菊まつりで賑わうのだが、どうなるのだろうか？

萌美少女菊人形が登場していたりして？

しかし、完成してしまった物は仕方がない。未来まで残ると良いな。

至って普通の社殿に参拝をして、

「神主殿、稲荷様は火を扱う神でもあるので、当家の製鉄・陶器業の安全を末永く祈って下さい」

「勿論《もちろん》のこと、末永く発展、そして成功いたすように拝み続けます」

約束をしてくれた。。

この日、落成式は盛大に行われた。

水戸《みと》に戻るには遅く西日が既に隠れ、いくら治安が守られている領内でも夜道はいらない争いの種になるので控えることとなり、山門前に建てられた新築の宿坊に泊まることとなった。

そしてその晩。

夢に出てくるのは狐たち、昼間見た山門の前で楽しそうに追いかけっこをして遊んでいる。

建ててお稲荷様が喜んでくれているのかな？

怒られないで良かった……。

すると一人の白装束に身を包んだ綺麗《きれい》な女性がって、ど●キツネさん？　滅茶苦茶可愛《めちゃくちゃかわい》らしい。これは俺の夢の中、何をしたって許されるはず……えいっと抱きしめると、

「いきなり何をするのです！　びっくりしましたわよ。普通このような晩に出てくる者は神だと思うものでしょ！　そこに正座しなさい！　長いこと多くの人の夢枕に立ちましたが突然抱かれたなど初めてです」

夢の中で怒られてしまった。

「うぅだって俺の夢の中だし何をしても良いかなと」

「私と交わりたいというのですか？」

「はい！」

「とんだ者の夢に出てしまいました。っとに武甕槌大神《たけみかづちのおおかみ》殿のお気に入りと聞いていたのに、酷《ひど》い変態さんですね」

「だって滅茶苦茶可愛らしいんですもの。普通なら、そんな可愛らしい獣耳美少女がオタ

クの夢に出て来たら、オタクは交わりたいと思うものでしょ？って貴女《あなた》は？」

さげすむような目で睨まれる。

理不尽だと俺は叫びたいよ。

俺の夢に勝手に出て来た人に怒られるなんて。

「宇迦之御霊神《うかのみたまのかみ》です。知っていて聞いてるでしょ」

「ははははっ、はい」

「もう、本当にとんだ変態さんですね、貴方は！　せっかく礼を言おうと夢に出て来てあげたのに」

「礼？」

「楽しげで華やかな、立派な山門を作ってくれた礼です」

「俺は金を出しただけで、今回デザインには携わっていないのですがね」

「わかっています。全て知っていますわよ。未来という時間線から送られたこともね。そんな貴方が、他の神社も寄進していて出雲《いずも》会議では話題になっていたのですよ。だからこうして出て来たというのに、私じゃなくて大宝八幡宮《だいほうはちまんぐう》の平将門《たいらのまさかど》神にでも頼めば良かったかしら……」

勇ましく戦っている大鎧《おおよろい》を着た武者、平将門公を想像してしまう。

夢に出て来たら恐《こわ》い。

「美少女狐姿の宇迦之御霊神のほうが良いです」

「神を美少女、美少女と褒めるとは……嬉《うれ》しいですけど」

「神様も恥じらうのですね」

「神をからかうものではありません！　それより何か褒美は？」

「ん～俺は神様の御力《おちから》をお借り出来ているのが何より有り難いことなので、これ以上は望みません。強いて言うなら、そのもふもふとした耳の匂いを嗅がせて下さい」

「馬鹿なのですか？　はぁ～ため息しか出ませんよ、出てくるのではありませんでした。だが出てしまったので一つ忠告を。九尾がまた世を乱そうとしています。明智光秀《あけちみつひで》や南光坊天海《なんこうぼうてんかい》に取り憑《つ》いたのは、その使いにすぎません」

「やっぱり……」

「気をつけなさい。九尾は異国で力を付けようとしています。そして再びこの地に戻ってこようと企てているでしょう。それに打ち勝つのです」

「九尾退治か、那須与一《なすのよいち》じゃないんだから」

「四の五の言わない」

「はっ、はい」

「では、またいずれ会いましょう。そうそう、少しくらいなら私も神力を貸しますから、唱えると良いでしょう。変なことには使わないでよね」

……。

「マコ～もう朝だよ？　クンクン？　ん？　夜、誰抱いてきたの？　私達と違う女の匂いがするよ！　ねぇ～今度はどこに種まきしてきたの」

お江《ごう》が揺り動かすので目を覚ました。

「う～眠い」

「夜這《よば》いどこに行ってたのよマコ～今回は気が付かなかったよ」

「誰も抱いてないから。夢の中で神様に正座させられ怒られたのは覚えているけど」

「綺麗な女の神様だったんでしょ？」

「どうだったか覚えていないって」

起き上がると、寝間着に付く白いふわふわの毛が何本も。抱きついたときに付いたのかなって、夢だったんだよね？　あれ？　どちらにしても夢の詳しいことは口に出さないのが正解だろう。

萌狐《もえきつね》美少女姿の宇迦之御霊神の尊いお姿、忘れないうちに描いておかないと。

描いたものを等身大で左甚五郎《ひだりじんごろう》に彫って貰《もら》い、笠間《かさま》稲荷《いなり》神社に奉納した。

なぜか非公開の御神体として硬い扉の奥にしまわれてしまった。

みんなに見てほしい姿だったのに。

あんな萌える姿と知ったら、さらに人気になるだろうに。

《宇迦之御霊神》

あの男は馬鹿なのですか？

神の姿など見る者によって違うのに。

私を美少女姿にしたのは彼自身の願望からだというのに。

兎《と》に角《かく》、あの写し体は誤解を与えてしまうので社殿の奥で永遠に閉ざさせてしまっておかせましょう。

神主の夢に出なくては……。

しかし、中々可愛いわね。

◇◆◇◆◇

茨城城に戻ると、羽柴秀吉《はしばひでよし》からの使者が来ていた。

大広間で対面、茶々《ちゃちゃ》とお初が同席する。

「九州探題、羽柴秀吉が家臣、石田《いしだ》三成《みつなり》、突然の登城、平に御容赦願います」

羽柴秀吉、俺が本能寺の変を防いだことにより関白に、いや、天下人になれなかった男。

だが、織田《おだ》家内では活躍凄《すさ》まじく、今では幕府五大老という重臣の一人だ。

その使者は関ヶ原《せきがはら》の合戦の主人公の石田三成。

茶々の組み合わせ、奇縁だな。

「遠路はるばる来たからには大事な話があるのでしょう?」

俺は羽柴秀吉という男を警戒していた。

本能寺の変、実は明智光秀と結託していたのではないかと疑ってもいた。

しかし、腹を割って話せば織田信長《のぶなが》一筋の男だった。

馴《な》れ馴《な》れしい距離感が苦手だが、頭の切れは良く、これからも織田信長を支えてくれそうな男だ。

「あんちゃん、秀吉の願い聞いてくれねえべか?　おらぁ〜言葉わりいから佐吉《さきち》が言うべ。ほら、佐吉、おっこらっしょ」

縁側で子供達《たち》と遊んでいた、羽柴秀吉の母なか様が広間に入ってきた。

「なか様が、わざわざ茨城城まで来るって、よほどのこと?」

「はっ。大変ぶしつけで失礼なことなのですが、お願いの儀ありまして本日は来た次第であります」

「遠慮なく申されよ」

「はっ、お恥ずかしい話、当家の殿はお子を何よりも望んでおります。どうか、多くの御側室を抱え、お子を次々に作っておられる常陸《ひたち》右府様にその秘訣《ひけつ》をお教え頂きたく。漏れ聞くところ、子を授かる仕組みまで学校で教えているとか。噂《うわさ》の陰陽の力でどうにか出来ないものでしょうか」

「おらも孫さ抱きてぇ」

なるほど、羽柴秀吉情報網か。

生徒の中に忍びが紛れている？　それとも買収？　まぁ、授業の内容は非公開ではない。卒業していった者が各地で学校の教師となって教えてもいる。

幕府にも多胎児保護の法度を出して貰うのに子が出来る仕組みについて教えている。

ただ、精子を顕微鏡で見られるようにしたのはごく最近のこと。

耳が早いな。

羽柴秀吉、実は無精子症だったのではないか？　と、噂されている男。

ねねという妻の他、多くの側室を持つが、唯一子供が出来たのは茶々だけであったと言われている。

実は正室ねねにも結婚当初、子が出来た説もある。

元々子が出来にくい体質で、さらに何らかの後天的要因で無精子症に？

茶々との間に出来た鶴松《つるまつ》と秀頼《ひでより》は実子ではなく、茶々の浮気だったのではないかと推測されている。

俺の妻になった茶々は、そのような浮気をするような女ではないが。

「子供ねぇ。申し訳ないのだが秀吉殿は体質的にお子が出来にくいのではないかと推測するのだが」

「そこを常陸右府様の陰陽道の力でお助け願えないでしょうか？」

「それは、無理難題というもの。陰陽道は万能ではないのですから。ただ、医食同源の知識から言うと、亜鉛という成分が多い食べ物、例えば牡蠣《かき》などは子種を作るのに良い働きをしますが、それればかり食べていても良いわけではありません。偏らず、いろいろな食材を食べて体力を付けることが良いかと。そのくらいの助言しか出来ません」

「いや、それが聞けただけでも有り難きことにございます」

石田三成は頭を下げる。

「あんちゃん、何作ればよかんべか？　おらが畑で作っぺよ」

「畑で亜鉛が豊富ってなんだったかな、ちょっと待って下さいよ、今思い出しますから」

……。

本当、タイムスリップだが異世界に行く予定がある少年少女は、農業高校に進学したほうが良いと俺は思うよ。

俺、普通科だったから専門知識不足。

電子辞書が鞄《かばん》の中に紛れていたらどんなに活用出来たことか。

しばらく考えると、思い出したのは祖母が大好きだった切り干し入り納豆。

『真琴《まこと》や、こうやって食べると体を作る亜鉛ってのが多く摂れて良いんだよ』

大豆、根菜に含まれていると教えてくれたのを思い出した。

「なか様、大根ですよ！　切り干し大根、あれ結構栄養あるんですよ」

「おらが得意なでぇ根け？　今日も樽《たる》さいっぱいに漬けたの土産さ持ってきたぞ」

「漬物より、しっかり乾燥させた物が良いんですよ」

「そけ？　なら帰ったらすぐに干すべ」

腕まくりをして筋肉隆々の腕を見せると慌てて三成が止めていた。

茨城県民、納豆に色々混ぜるのは当たり前なのだが、俺は切り干し入り納豆あまり好きではなかったなぁ。

細切りたくあん入りのが好き。

「真琴様、あれを少し分けてあげたらどうですか？」

お初《はつ》が言う。

「あれ？」

「ほら、小糸《こいと》と小滝《こたき》が必死になって作っていた、あれ」

「あ～トドの金玉燻製《くんせい》か？　いや、あれ分けるどころか全部譲りたいのだけど、不味《まず》くて」

樺太《からふと》で小糸と小滝が俺の子を産みたいがために作っていた、効き目は謎の精力剤、トドの金玉燻製は毎日煎じ薬にされたり、料理に入れられたりしていて不味い。

「全部譲ったら小糸と小滝が怒りますから半分持たせてあげたらどうですか？」

茶々が言う。

「せっかくだから、茶々、あれを三成に煎じてあげて。あっ桜子《さくらこ》に声かけて、なか様に出来たてホットケーキをお出しして」

「おっ、噂の黒坂《くろさか》家の料理け？　食ってみたかっただみゃ」

そう言うと、茶々は手早くトドの金玉燻製の粉を煎じたのを美少女萌茶碗《もえちゃわん》で石田三成となか様に出した。

「さぁ、なか様、三成殿、旅の疲れが吹き飛びますよ」

俺が勧める。

「どれ、うわっなんだっぺこれ、くせぇえ」

「いただきます。ゲホゲホッゲホゲホッ、うわ、……結構なお味で」

明らかに無理をしているのがわかる。

口直しに茶々が薄めのぬるい茶を点《た》て差し出すと、二人はそれで口の中に残る後味を流し消していた。

「それ、北の海に住む生物、トドの金玉。トドってもの凄《すご》い数の雌を囲う生き物だから精力剤になると思うって、うちの薬師頭が言うから、それを秀吉殿に半分分けてあげますよ。羽柴家には幕府を潤して貰うお役目を頑張っていただきたいのでね」

「そのような貴重な物、ありがたき幸せにございます」

「おらは飲まねえだみゃ」

なか様はもの凄く渋い顔をしていた。

口直しのホットケーキが出されると喜んでいた。

これからそれを飲み続けるであろう秀吉が若干可哀想《かわいそう》ではあるが、プラシーボ効果があるかもしれないので効くか効かないかは言わないでおこう。

「そうそう、おらはほらこねぇだ言ってた沢庵《たくあん》様のことを知らせに来たっぺよ」

「あぁ沢庵宗彭《そうほう》様がどうされました？」

「唐《から》さ渡っちまったから、それさ知らせに来たっぺよ。何でも天竺《てんじく》さ学びに行くって秀吉が出してる交易船に乗って海を渡っちまったよ」

「そっか、天竺に……。わざわざ教えに来ていただきありがとうございます」

「なに、あんちゃんとおらの仲だっぺよ。みずくせぇ」

なぜかお初が俺を睨《にら》む。

熟女は俺のストライクゾーンではないからね！

なか様はこの後、上野国《こうずけのくに》草津で湯治をすると言い、石田三成は大量のトドの金玉燻製漢方薬を持ち九州へと帰っていった。

《小糸と小滝》

小糸と小滝は子種欲しさに毎日、真琴に精力のつくものをと台所で悪戦苦闘していた。トドの金玉燻製漢方薬を飲ませたり料理に混ぜたり、毎日牡蠣料理、自然薯《じねんじょ》料理を作ったりする日々。

「最近、右大臣様、料理に飽きてきてませんか？　でした。姉様」

小滝は今日も全部入りカレーを作る小糸に言う。

「確かに毎日毎日この料理だとねぇ」

そこにやはり子種が欲しいラララとリリリが参戦する。

「ハワイだと海蛇など精力をつけるために食べたりしますすすです」

「日本にいんだっぺか？　海の蛇とやら？　鰻《うなぎ》のことけ？」

「鰻とはちがうとでありんす」

少しずつ日本語に慣れてきているラララとリリリ。

「海の蛇ですか？　常陸国、常磐物《じょうばんもの》では聞かないですね。暖かな海でなければいない生き物なのでしょうか？」

脇で聞いていた桜子が言うと、小糸は腕を組んでどうやって入手しようか考えていた。

「姉様、海が駄目なら山がありますでした。蝮《まむし》を食べさせたらどうでしょでした」

小滝が言う。

「あっ！　その手があったっぺ。真田《さなだ》様にでも頼んで手に入れっぺ。生きの良いのの皮剝《む》いて、生きてるままぶつ切りにし刺身で出したらきっと元気もりもりだっぺ」

小糸が言っている中、台所の脇でみかんを食べていたお江《ごう》は、

「ねぇ、そもそもマコって精力つけなくても夜頑張らない？」

「「「「え？」」」」

「みんな一晩で何回してる？　私は寝る前に2回、朝起きて1回してくれてるよ」

「あっ、私もでした」

「私もでありんす」

「私もですです」

「私もだっぺ」

4人は同じだった。

「マコは精力はあるから思うに、マコにこれ以上不味いの無理矢理食べさすより、毎日美《お》

味《い》しい料理食べさせていたほうが良い気がするんだよね」

「そうでございますね。間違っていたかもしれません。右大臣様はちゃんと子種をくださっていましたのに、申し訳ないことをしてしまっていました」

小滝は鍋のカレーをかき混ぜながら言っている。

「なら、この燻製漢方薬は毎晩粉薬にして飲んで貰《もら》うぐらいにしましょう」

「そうでありんすね」

と、ラララ。

真琴はこの日を最後に謎の臭い精力料理三昧から解放された。


「桜子から聞いたけど、あの料理やめさせたのお江なんだって？　ありがとう」

「ん～みんなが変なほうへ向かわないか見ているのが私の役目だから。蝮の活《い》き作《づく》りとか言い始めてたよ」

そう言うとお江は俺の頭を抱え顔に胸を押しつけ、

「黒坂の家族はみ～んな仲良しじゃないと駄目だもん」

いつもとは違う少し落ち着いたトーンで呟《つぶや》いた。

「ありがとうな、本当にありがとう。しかし、蝮の活き作りってどんな料理なんだよ。恐ろしい」

「食べたかった？」

「出て来たら、お江も食べるんだからな」

「えー流石《さすが》に私だってやだよ～食卓でウニョウニョ動いているの出されるの想像しただけで嫌なのに～」

「本当、それは勘弁してくれ」

蝮の活き作り、そんなのが夕飯に出て来たら武丸達《たけまるたち》は逃げ出すだろうな。

俺だって蛸《たこ》の躍り食いもシラスの躍り食いも苦手なのに。

◇◆◇◆◇

執務の合間を見て茶々《ちゃちゃ》にお茶を点てて貰おうと部屋に行くと、俺が今まで描いていた平成時代のラノベヒロイン達の絵が表装され、掛け軸となった物を広げていた。

「あ～城の飾りにと思って描いた下絵だね、表装したんだ？」

「不本意で理解出来ない美的感覚の絵ですが捨てるのはもったいないかと思って掛け軸にいたしましたが、数が多くて整理していました」

ほとんどは左甚五郎《ひだりじんごろう》と狩野永徳《かのうえいとく》などに役立てて貰うよう回しているが、出来が良いのは残している。

さらにその中でも出来が良い物は別に保存していた。

茶々はそれを100本はあろうかという萌絵美少女掛け軸にした。

ラ○、レ○、エミ○ア、西○みほ、○住まほ、斧乃○余接、戦場ヶ○ひたぎ、阿良○木火憐、阿良々○月火、八○寺真宵、小鳥遊○花、凸守○苗、くみん先輩、澤村・ス○ンサー・英○々、加○恵、霞ヶ丘○羽、ジ○ヒー様、リー○ア、ア○ーシャ、ジ○ナなど名前をあげればきりがないほどのヒロイン達は俺が描いたものだ。

それを渋い顔をしながら整理している茶々。

「これをまた人にあげてもよろしいですか？　そろそろ一度片付けねば増える一方」

「別にかまわないよ、でも欲しがる人いるの？　前にも送りつけたけど」

別に俺が描いた絵だから問題ないだろうが、欲しがる人がいるほうが謎だ。

「ほら、この間、萌陶器を送ったではないですか。そしたら前田《まえだ》利家《としいえ》殿の御子息、利長《としなが》殿の手に渡ったらしくて、大変気に入ったとの手紙と御礼《おれい》の茶器が届きましてね、このような品があるなら是非とも譲って貰えないか？って来たのですよ」

「ぬほ、おーこのヒロイン達の良さをわかってくれる大名がいたとは。もうそれ全部あげちゃって良いから」

喜んで言うと茶々は俺に目を細めて「大丈夫なのか？　この夫は？」と言うかのような冷たい目で見てきた。

「そうですか？　なら、送りますね」

前田利家の嫡男、前田利長って金沢の文化度を上げた人だったような？　さらにその跡を継いだ利常《としつね》が加賀《かが》文化を確立したはず。

利長に送ったところで利常が修正して何も変わらないだろう。

欲しがる人がいるならあげよう。

布教活動だ。

「あっ利長は永《えい》姫との間に男の子が生まれなかったはずだから、小糸《こいと》達のあの精力剤も送ってあげて。前田家の松《まつ》様にはよくよく世話になってるから、その御礼として」

「あら、そうなのですか？　なら真琴《まこと》様が知る前田家は誰がお世継ぎに？」

「利家殿が側室に産ませた子『利常』がなるんだよ。せっかく松様との縁も出来たし、松様の血脈で前田家を代々続かせたいと思うけど」

「真琴様がそう思うなら構いませんよ。永とは私は従妹《いとこ》なので血族となりますし」

「そうだったね。信長《のぶなが》様の姫だもんね。織田《おだ》家の血を引く跡取りのほうが後々考えると良いから利長には頑張って貰おう」

「はいはい、みんな真琴様のように絶倫になると良いですわね。ふふふふっ」

「え？　そんなに絶倫かな？」

「真琴様、義父様《とうさま》の言葉を使わせて貰います。『馬鹿か？』」

「へっ？」

茶々はジッと股間をしかめっ面で見ていた。

茶々はその掛け軸を桐《きり》の箱に一本一本丁寧に入れ、長持に精力剤などと一緒にひとまとめにして、陸路で飛脚運送を活発にさせようと働いている伊達政道《だてまさみち》に間違いなく前田利長に届くよう託した。

このあと、すっきりした顔の茶々が淹れてくれたお茶は、いつもよりも格段に美味《うま》かった。

1592年　正月元旦

俺は珍しく布団で寝ていた。
久々に体調を崩した。
年末から腹をくだし軽く熱がある。
俺は疲れがたまり体が冷えるとこうなる。
だから冷え対策を気にしていた。

布団で数日休めば回復するくらいだ。

部屋は木炭ではなく、石炭が使われるようになったストーブでガンガン暖められ、布団にくるまる俺の脇では、お初《はつ》が一人で看病してくれている。

正座をしながらコクラコクラしているお初。

「お初、もう大丈夫だから休んで良いぞ。お初のほうが具合が悪くなってしまう」

「私は大丈夫よ、それより真琴様を放置することは出来ないわ。皆は手分けして仕事してくれてるし、私は看病する役目なんだからねって見張りよ！　勘違いしないでよね」

なんで今更ツンデレ？　もうわかってるって、お初の俺を思ってくれる心の内は。

「なら、せめて隣に入れ。眠いのだろ？」

俺が布団を軽くめくり入るように促すと、

「うん」

頷《うなず》いて入ってきた。

そこは素直なのね。

「真琴様の匂い」

俺の首もとで匂いを嗅ぐお初に、

「臭いか？　三日ほど風呂に入ってないからな」

「ううん、嫌いじゃない。好きな匂い。好きな人の好きな匂い。濃い凝縮された匂い」

日頃、俺になにかと厳しいお初だが、俺を好きだという気持ちは誰にも負けない。

「こうやって改めて匂いを嗅ぐと、真琴様が私達の脇の下に顔を埋《うず》めるのもわかるわね」

「だから、改めて俺の性癖を言うのはやめてくれ」

お初は悪戯《いたずら》っ娘《こ》みたいにニヤリニヤリと笑っていた。

「さぁ、もう少し寝て下さい。私も無理はせず、こうして温まりながら見守ってますから」

「うん、今日はまだ少し乳の匂いがするお初の胸元を嗅ぎながら寝るか」

「ほら、馬鹿言ってないで大人しく寝なさい。早く回復しないと、小糸姉妹、ララ姉妹が怪しげな調合を始めてしまいますよ」

小糸姉妹に続いてララ姉妹も精力剤を作ったぐらいから、なにやら漢方に目覚めたらしく勉強を始めていた。

しかも、本多正純《ほんだまさずみ》を通して徳川家康《とくがわいえやす》が協力しているらしく、様々な文献を送ってきてくれている。

今飲まされてる漢方薬もそれで調合された奴《やつ》らしい。

確かに飲むと体が温まるから良い薬なのだろうがもの凄《すご》く不味《まず》い。

胃が拒絶し中身がこみ上げるほどだ。

お初の体温で気持ち良くなり、ちんまりとした胸に顔を埋めて眠りについた。

1週間ほど布団で過ごした後、回復して床上げとなった。

俺がちょうど回復した頃、伊達政宗《まさむね》が僅かな手勢を連れ突如馬を走らせ来城する。

大広間で面会すると、

「右府様、お体は大丈夫にございますか？」

俺の重臣に伊達政宗の実の弟の伊達政道がいるのだが、俺に正月の挨拶をするのに政道に伺いをたてると政道は真面目に『お疲れで休まれているから遠慮してほしい』と答えたそうだ。

必要以上に俺の情報を流したわけではないことを、五浦《いづら》城に忍ばせている柳生宗矩《やぎゅうむねのり》配下が報告している。

「あぁ、大したことではないよ。もう大丈夫だ」

俺を慕ってくれている憧れの武将・伊達政宗が逆に俺に憧れてくれている。

平成時代にいた頃には想像出来ないシチュエーションだ。

「右府様、お腹《なか》の具合がよろしくないと聞き熊《くま》の胆《い》をいっぱい持ってきました。ついでに熊の手と金玉を乾燥させたものを滋養強壮に、どうかお使いください。我が領内の熊を私が一刀両断にしたものです」

漆塗りの箱に熊何体倒して採取してためたのだろうか？　と、いうほど入っていた。

「う、うん、ありがとう、大事に使わせて貰《もら》うよ」

全部使ったら熊の姿にでもなりそうなのでは？　と、思えてくる。

「お体お大事にしてください。また、一緒に海の外に出とうございます」

「春にはまた行く予定でいるから、そのときは誘おう」

俺を慕ってくれている伊達政宗。

きっと信用してくれてもいるはず。

今が伝えるときだろう。

「政宗殿、陸奥《むつ》の国と言うか、東の海に面している地域はあと数年で巨大な津波が襲う。それに用心し準備されよ」

「右府様、それはどういうことにございますか？」

俺は地図を見せ説明する。

「三陸沖で起きる大地震により津波が海を渡って押し寄せてくる。俺が発効させている暦で言うと確か1610年くらいのはずだった。それに備えてほしい」

慶長三陸地震。確かな日付は覚えていないが、南蛮式軍船サン・ファン・バウティスタ号を建造するきっかけになる出来事だと博物館で見たのを覚えている。

伊達政宗は異国との貿易を盛んにして領内復興事業にしたかったとされている。

「はずだった？　不思議な言い回しをするとは、政道から聞いてはおりますが、兄とも父とも慕う右府様のお言葉しかと肝に銘じます。父上様からも常々念押しされております。右府様のお言葉は大切にせよと。それに近江《おうみ》の地震の一件は有名ですので」

「そっか、輝宗《てるむね》殿が。津波対策、住居の移転などすることになると思うが、どうだ、左甚《ひだりじん》五郎《ごろう》が作ったドーム型住居を多く採用してみては？」

「樺太《からふと》で見たあの半球体住居は素晴らしいと感じ入りました。是非とも、仙台城にも造りたいと思いますが」

「あ～技術だね？　金掘り衆を手配していただいたのだから、今度はこちらから大工を手配して差し上げましょう。是非とも、ドーム型住居を広めてください。最上《もがみ》殿や南部《なんぶ》殿にも教えるよう左甚五郎配下を手配しましょう」

「ありがとうございます」

伊達政宗はこの日、茨城城に一泊したあと帰って行った。

伊達政宗は住居移転事業をドーム型住居造り中心に開始する。

その現場に、東北地方を統治する大名達《たち》の命を受けた大工が学びに来て各地に広がる。

藁葺《わらぶ》き屋根の家からドーム型の家へと日本の家屋の形が一変していった。


さて、熊の胆嚢《たんのう》は平成時代でも確かに薬に活用されているから効果はあるのだろうけど、金玉はもういらない。

小糸達に見つかる前に処分を……羽柴秀吉《はしばひでよし》と前田利長に送ってあげよう。

俺は羽柴秀吉に『精力剤になるかもしれないから良かったらどうぞ』。

前田利長には『織田家の血筋で前田家を続かせられるよう永《えい》姫と子作りを励んで下さい』。

手紙と共に送った。

《前田利長《まえだとしなが》》

父上様と母上様が昵懇《じっこん》にされている右大臣・黒坂《くろさか》様からの贈り物、この前届いた大量の美少女が描かれた掛け軸は毎日床の間を彩ってくれている。

見たこともない服を身に纏《まと》った女子達、変わった技法？　で描かれた奥行き感のある絵には、この播磨《はりま》の港に訪れる異国人すら驚く。

おかげで、文化の高さを見せつけることが出来ている。

さらに、描かれた異国の服を永が作らせ、楽しんで着ているのも、また良い。

「殿、この服はいかがでしょう？　掛け軸には旧スク美少女と書かれていたのですが、茶々《ちゃちゃ》の義姉様《ねえさま》達もこのような格好をして右大臣様を楽しませているのでしょうか？　殿はいかがですか？　このように肌を見せる服は？」

「ハァハァハァハァハァ、良いぞ良いぞ永」

「殿、いかがいたしました？」

「なぜかわからぬが燃えてくる。それを着て有馬の湯に一緒に浸《つ》かろうではないか！　それにこの薬を一服試したが体が熱くなってきた！　行くぞ永！」

「ちょっと、ちょっと待って下さい、着替えさせて〜」

前田利長と永姫との間に男の子が誕生したことを後に松《まつ》様の手紙で知ることとなる。

そして、前田利長はそれに偉く感謝し、萌《もえ》美少女を崇拝する信者の一人として育っていく。

◇◆◇◆◇

1592年1月〜2月、俺は茶々により仕事を減らされ休まされた。

体はすっかり良くなったのだが、ありがたいので甘える。

茨城城内の温泉に入り、側室たちが作る美味《おい》しい料理を食べ、子供達と昼寝をし、武丸《たけまる》と綿が詰められた玩具《おもちゃ》の刀で遊ぶ。

玩具ながら武丸の素早い剣技は、柳生新陰流《しんかげりゅう》免許皆伝の護衛が教え始めている。

そろそろ、武丸に合う年代の小姓を雇わねばな、などと考えながら遊ぶ。

彩華《いろは》と仁保《にほ》のおままごとに付き合わされたときはどう遊んで良いのか少々困った。

那岐《なぎ》と那美《なみ》とはハイハイ競走をして遊んだ。

武丸は昼寝のあと、日課のタロとジロの散歩に出かける。

武丸はタロとジロの背中に毎日交互に乗って散歩するのだが、試しについていってみると武丸の行きたい方向に進むようになり、止まりたいときにはちゃんと止まるようになっていた。

良かったな、武丸。

それにしても、オシッコで片足を凄く上げるタロの背中にしっかりしがみつき落ちない武丸、器用だ。

将来きっとどのような馬も乗りこなすだろう。


仕事疲れのない日々のため、夜はいっそう励んだ。

なにを？　子作りを。

お江《ごう》、小糸《こいと》、小滝《こたき》、ラララ、リリリ、鶴美《つるみ》と。

茶々、お初《はつ》、桜子《さくらこ》、梅子《うめこ》、桃子《ももこ》はまだ子供を産んでいない側室達に順番を譲った。

その辺、いがみ合いなく調整してくれる正妻・茶々の心の広さがありがたく、俺も住みやすい安らげる城だ。

本当にありがたい。

寝る前にトドの金玉に、ラララが御用商人に頼んで手に入れたタツノオトシゴ、海蛇の乾燥させた物、牡蠣《かき》を燻製《くんせい》にして粉にした物などを小糸姉妹により調合された精力剤を毎日飲まされた。

料理に入っていないだけマシだが、兎《と》に角《かく》不味い。

熊の金玉は見つかる前に送っておいて正解だったな。

俺はまだ若い。そこに変な精力剤を飲まされ、毎夜燃えたぎり頑張る日々。

お風呂では海藻から取ったネバネバを使ってラララ、リリリがマッサージをしてくれる。

これは、俺が平成の世界で高校を卒業したらすぐに行きたかった大人のための特殊入浴場みたいで、夢が叶《かな》った感があって感動。

ラララ・リリリの小麦色の肌がヌルヌルテカテカする。

「気持ちよいでありんすか?」

たわわな胸でヌルヌルと全身をマッサージしてもらうのだから最高だった。

都市伝説の、出しすぎると打ち止めの印となる赤玉が出るのではないか? というくらい出しまくった。

約2ヶ月間、頑張った。

初夏に皆が妊娠したのがわかる。

第四章　大航海時代

庭の梅が甘い香りを漂わせ、メジロが梅の花の蜜を吸っては枝を移り、吸っては移りを繰り返しているのを武丸がタロとジロと並んで黙々と観察しているのを縁側で見ていると、安土《あづち》城から厳重に封印された手紙が届いた。

『父上様のことで御相談したきことこれあり、至急、安土城に登城されたし』

織田信忠《おだのぶただ》からの手紙。

書状では詳しくは言えない内容なのだろう。

知られてはいけない話？

織田信長《のぶなが》にまさかの事態？

そうなると幕府はまだ軌道に乗ったばかり、各地で反幕府の狼煙《のろし》が上がる可能性がある。

「すぐに安土城に南蛮型鉄甲船3隻で向かう。2隻は継続して常陸《ひたち》の防衛に専念、あと1隻は真田幸村《さなだゆきむら》に任せる。幸村は樺太に行って開発を続けるように。支援物資は御用商人の船を雇い運ばせるよう整えてくれ。俺と安土城に向かう者は柳生宗矩、佐々木小次郎《ささきこじろう》、真壁氏幹《かべうじもと》とする。森力丸《もりりきまる》は兵をすぐに動けるように準備。何かあればすぐに知らせる。そのときは出陣を。伊達政道《だてまさみち》、最上義康《よしやす》も何事もないように振る舞いながら、すぐに出陣出来るよう仕度を命じる。もしものときは伊達政宗《まさむね》と最上義光《よしあき》に助力を頼み、乱が起きないようにしてくれ。前田慶次《けいじ》は忍びを各地に放ち、反乱の目が出ていないか監視。必要とあらば暗殺も許す」

細かく指示を出す。

「安土には私も付いていくわよ。他の側室は身ごもってる可能性があるから、最近夜伽《よとぎ》の順を遠慮していた桜子、梅子、それと私が信用出来る配下、東住《とうずみ》姉妹の隊を連れて行くわよ。あの隊なら口は堅いから安心して」

お初が言う。

「事と次第によっては戦になるやもしれん。そのときは、近江大津城の蒲生氏郷《がもううじさと》に預けることになると思うが、それに異議を唱えないなら連れて行く」

「笑わせないで、私だって戦に出るわよ。それとも私の腕が信用出来ない？」

「そうではないけど」

「戦場では言うことは守るわよ。武甕槌《たけみかづち》大神《のおおかみ》に誓って」

「わかった。これ以上言っても聞かないのはわかっているから連れて行くが、約束を守れなかったらお初とて罰は与えるからね」

「ええ、それで良いわよ。私は真琴《まこと》様の側室であるけど家臣でもあるのだから、他の家臣と同じように扱って貰《もら》って構わないわ」

信念を持ったしっかりした目を見せるお初。茶々を見ると、大丈夫です、と言わんばかりの頷《うなず》きを見せた。

お初は自身の甲冑《かっちゅう》や武具の準備を始め、桜子は愛用の包丁を準備。

梅子に至っては、特注腰ベルトに鉈《なた》を何本も差す。

梅子の鉈裁きは武道の一つにまで進化してしまった。

「私だってこの鉈投げで御主人様に近づく怪しき者を捌《さば》いてあげますのです」

そこは捌かなくて良いって。


南蛮型鉄甲船、最大乗員数200人×3隻、600人が完全武装、武器弾薬は出来る限り詰め込んだ。

茨城城は一気に慌ただしくなる。

そんな茨城城には季節はずれの大雪と雷鳴が不吉な予感を漂わせていた。

5日で支度を整え城を出るとき、茶々は、

「常陸のこと、東国のことはお任せください。いざとなれば慶次に命じ忍びで全て暗殺します」

「仕方なし。判断は茶々に任せる。兎に角、乱を起こさせぬように頼む」

「わかっております。真琴様は御体《おからだ》を大切にして下さい」

茨城城を出て鹿島港で真田幸村と北と南行きで別れる。

「幸村、樺太《からふと》は頼むぞ。それとトゥルックとオリオンには、よろしく言ってくれ。会いたいが平和国家の基盤を造らねばならぬ俺には今は安土城、織田家に異変があるほうが大事《おおごと》なのだ。トゥルックは悲しむかも知れぬが説き伏せてくれ」

「はっ、樺太のことは任せて下さい。それとトゥルック様にはしっかりと説明致しますので任せて下さい」

そう言って幸村が乗る船は北へ、俺が乗る船は南へと出航した。

織田信長に異変？　いったいなんなんだ？

◇◆◇◆◇

《真田幸村》
御大将のことは猿飛佐助《さるとびさすけ》、霧隠才蔵《きりがくれさいぞう》に任せておけば大丈夫だろう。
私の御役目は、樺太の収穫を格段に上げること。
これは御大将が力を入れていること。
投げ出すことは出来ない。

昨年せっかく実ったのだから、今年はさらに多くの収穫が出来るように改革を続ける必要がある。

昨年の寒さ対策に合わせて今年は石灰による土壌改良をする予定だ。

さらなる収穫のために。

そして、樺太に残る御大将の御家族の様子も、この目でしっかりと確かめなければ。

さらに言えば、もし安土の異変とやらを北条《ほうじょう》が聞けば、どのように出るか未《いま》だわからぬ。

いくら北条の姫が人質として御側室になっていようとも、恨みはまだ消えていないはず。

いざというときは、御大将の御家族を常陸国へ逃がし北条氏規《うじのり》と一戦交えないと。

樺太に入港してすぐに向かったのは、御大将の御家族のもと。

柳生宗矩《やぎゅうむねのり》が残した護衛が、解け始めた大地を掘り固め、空堀と土塁を造る陣頭指揮をしていた。

それを横目に御家族が住む屋敷に出向く。

「御大将は今回はこちらには来られません」

「そうですか　オリオンの　成長した姿　見ていただきたかった　ざんねんです」

「消して軽んじているわけではございません。ただ御大将が動かねば、多くの民が苦しむことになりかねなく……」

「わかってます　わかってます　わたしが望んでここに残った　ならばいつまでも待つだ

け　オリオンをしっかり育てながら」

「お困りのことあらば何なりと、この幸村に命じて下さい」

するど首を横に振り、

「困ること　ない　黒坂《くろさか》サマの正室茶々《ちゃちゃ》様　お初様　何かと交易船で送ってくれている」

そう言うと物置小屋とされている部屋を見せてくれた。

中は黒坂家の家紋・抱《だ》き沢瀉《おもだか》が描かれた長持がいくつも積み上がっており、米やそば、小麦、それに常陸国で作られている反物、そして小糸様方が調合したであろう薬も使用方法が書かれた紙と一緒にたくさん入っていた。

流石《さすが》、御大将のお子を分け隔てなく育てている茶々様だと感心してしまう。

「この夏はこの幸村、樺太におりますのでお困りのことあれば申しつけて下さい」

私は念押しするかのように言い、農業改革を再開した。

◇　◆　◇　◆　◇

「いかがされたのですか？　急な呼び出しとは？」

俺は安土城の天主で、まだ冷たい風が吹く琵琶湖《びわこ》を見ながら織田信忠と二人で話す。

「父上様の消息がわからなくなりました」

そう言って肩を落としながら世界地図に視線を移す信忠。

「どこに向かわれて消えたのか、わかりますか？」

「南に向かわれたのはわかっている。琉球《りゅうきゅう》からさらに先の南の島に行ったのは出入りの南蛮人から聞いているのだが、わからなくなって約半年が過ぎた」

「半年？　そうですか、それほど長い間行方不明とは。信長様だけが行方不明？」

「いや、艦隊全30隻が不明なのだ」

「あぁ、それなら生きている可能性が高いと思います。いくら何でも全部は消えないと思うので」

「だとは思いたいのだが……、大嵐にでも遭えば。捜しに行ってはくれぬか？　他の者には頼めないこと。異国の地で臨機応変に対応できるのは常陸殿くらいでしょう」

「言われると思ってました。わかりました。行きましょう。何かあるのなら助けなくては、俺は織田信長という人物が好きだ。もし何かあるなら、この知識と腕で手助けせねば。それが俺が多くの領地、高い官位を貰っている理由ですからね。それにもしものことがあるなら生死ははっきりさせないと」

そう返事をすると、信忠は俺の手を取り、

「頼みます」

力強く握ってきた。

「しかし、このことは出来る限り伏せて下さい。信長様に続いて俺まで出てしまうとなると、鉄甲船が少ないことを好機と見て乱など企てるような者も出てくるでしょう。各地に追放した公家《くげ》に唆されたりして」

「今、大坂で作らせていますが確かに動けるのは少なくなる。それを知れば北の大地の大名が独立など考えるか……」

「1隻ですが、うちの信頼できる真田幸村を北に送ったので少しは牽制《けんせい》になるでしょう。幸村は関東の乱で名をとどろかせましたからね」

真田幸村、前田《まえだ》慶次は久慈川の戦いで先陣に立っている。

その武勇は多くの大名が知っている。

「流石、父上様の懐刀」

「ただし1隻なので、もし北国で乱が起きれば、常陸に残した兵と下野《しもつけ》の森力丸の兵、それに真田昌幸《まさゆき》と伊達政宗と最上《もがみ》義光を頼って下さい。安土の守りは蒲生氏郷と前田利家《としいえ》に任せると良いでしょう。あまり徳川家康《とくがわいえやす》は信用されないで」

「そうか、徳川家康はまだ信用出来ぬか……」

「念のためです」

たまたま三河《みかわ》に戻っている徳川家康は、安土幕府の幕藩体制構築で手腕を振るっている。

俺と並ぶ副将軍の役は絶大な権力を持つ。

野心は捨てたはずだが、担ぎ上げられればどうなるか。

例えば帝《みかど》から直筆の手紙『御宸翰《ごしんかん》』が下されたらどうなるだろう？

徳川家康だけでなく、織田信忠《おだのぶただ》の兄弟だって健在、謀反を企てるかもしれない。

力を失いつつある公家の最後の悪あがきがあれば何が起きるか……。

公家が俺の失脚・暗殺を目論《もくろ》んだのはつい最近のこと。

まだまだ不安材料は多い。

織田信長《のぶなが》、安定した国家になるまでは生きていてほしい。

◇　◆　◇　◆　◇

俺は安土《あづち》城内にまだある自分の屋敷に入り、世界地図を広げる。

「闇雲に捜しても見つからない。あまり得意ではないが人捜しの術をするか、おっそうだ、あの方の助けを借りるか」

世界地図の周りに黒の碁石を五つ、五芒星《ごぼうせい》を描くように並べ、

「祓《はら》いたまへ清めたまへ守りたまへ幸与えたまへ力貸し与えたまへ、笠間《かさま》に奉りし宇迦之《うかの》御霊《みたまのかみ》神よ我に力を貸し与えたまへ、織田信長のいる場所を指し示したまへ」

『早速ですか、もう仕方がないですねぇ〜、こっくりさんみたいに石を動かせというので

すか？　織田信長ねぇ～……』

微《かす》かに聞こえる声、それに耳を傾け祈る。

すると、五芒星の内側が微かに青白く光り、そこに白の碁石を地図に投げると石は一度太平洋の真ん中に落ちたかと思うとズリズリと動き出した。

そして、一点に止まり五芒星の光は消えた。

『ここですよ。いなり寿司《ずし》期待してますからね』

「まじか～うわ～なんか、泥沼の戦をしていそう。そうなっていないと良いのだけど、巻き込まれたくないなぁ。だが、行かないと」

その白い碁石が指し示した場所はニューギニア島だった。

オーストラリア大陸を目指していたはずだからニューギニア島は確かに方向は合っているのだけど、そこにしばらくとどまっている？

嫌な予感がする。

取り急ぎ、大坂城港に戻るがその前に、近江《おうみ》大津城下の寺で暮らす義母・お市《いち》様のところに寄った。

お初《はつ》には遠慮して貰《もら》い、離れの茶室で二人っきりになった。

「義母様《かあさま》、信長様のことは？」

「えぇ、聞かされています」

いつも気丈なお市様が力なく返事をした。

「大丈夫、生きていますから。宇迦之御霊神の御力《おちから》をお借りして、どこにいるか聞きました」

すると、俺を勢いよく抱きしめ、

「兄上様をどうかどうかよろしくお願いします」

「義母様、このようなところお初に見られると厄介なので離れて下さい」

「……そうでしたわね。あの子に見られたら大騒ぎになりそう。ふふふふふっ」

生きていると教えたことで少し元気を取り戻したようで、笑いながら目尻の涙を軽く拭った。

「必ず連れ帰りますので」

「あなたに任せておけば大丈夫でしょう。私も兄上様もあなたのことを信頼していますから」

「ははははっ、中々の重圧ですよ、その言葉は」

「で、ここに寄ったということは私になにかさせたいのですね？」

「お察しの通りで。信長様が異国から俺に加勢を命じたと大名の奥方などに吹聴《ふいちょう》してほしいのです」

「なるほど、謀反を起こさせないようにですね」

「はい。それと織田家一門に目を光らせておいてほしいのです。それは信長様の妹だからこそ、お市様が適任。これをお初に聞かれると、茨城城に残したお江《ごう》やその配下のくノ一を使って暗殺してしまいそうなので」

「あの子なら確かにするでしょうね。ですが、私の目が黒いうちは織田の一門から謀反人は出させません」

「おっ、いつもの目に戻った」

「私の不安が伝われば兄上様の安否を疑う者も出てしまう。私もまだまだですね」

「そういうことです。安土からご機嫌伺いに来るような方々にいつものように振る舞って下さい」

「常陸《ひたち》様、本当に立派に育って義母としてとても嬉《うれ》しく思います」

俺の手を取ると胸に当てギュッと力強く抱いてしばらく目をつぶった。

「常陸様が留守の間に戦乱が戻るようなことは絶対にさせません。この義母を信じて旅立ち下さい」

「頼れるのはやはり母親ですね」

「私はあなたの母親になれたかしら?」

「ええ、とっても頼れる母親です」

ニンマリと笑った。

「ねぇ～母上様と何話していたの？　それに安土で何を命じられたかまだ聞かされていないのですが」

お初が大坂に向かう道中で聞いてきた。

「信長様の加勢だよ。ちょっと遠いけどね」

「異国と戦？」

「まぁ～そうなってないことを祈っているけど……」

大坂の港では森坊丸《もりぼうまる》の指示で俺の艦隊は出航準備を整え、いつでも出航出来るようになっていた。

「常陸様、上様のこと、そして兄上様のこと、よろしくお願いします」

「大丈夫、それよりも安土の守りをしっかりと」

「はっ」

織田信長直属の艦隊で前回の航海に参加したが、修復のため今回、織田信長と共に出航出来なかった1隻が、小笠原《おがさわら》諸島や琉球方面の海は知っているというので道案内役として同行することになった。

目指すは異国。お初、桜子《さくらこ》、梅子《うめこ》の下船を命じようか考えた。

「お初、桜子、梅子、これからの船旅は想像を絶する苦労をする旅になるだろう。それでも付いてくるか？」

「当たり前でしょ、真琴《まこと》様の護衛役なんですから」

お初は言い、桜子は、

「御主人様がまた、お体を壊さぬよう、お食事の世話を続けなくてはなりません。御主人様は私達《たち》に幸せを下さいました。そんな方への恩返しはこのようなときにしか出来ません。命はとうの昔に御主人様に預けたのです。どのような旅でもお供致します」

「姉様と一緒です。長い船旅となれば尚《なお》のこと。御主人様の身の回りのお世話をし、病気にならないようお助けせねばなりません。長い船旅となれば尚のこと。どうか御一緒させて下さい」

お初に続いて桜子と梅子も強い眼光で訴えてきた。

これ以上なにも言うまい。

3人の同行を許した。

長旅となればそれだけ荷室スペースが必要。

食料、水、そして武器弾薬も多く積まねば。

長旅になる以上、そのバランスを計算したギリギリの人数にしないといけない。

「宗矩《むねのり》、長い船旅となる。耐えられそうな者、そして宗矩が認める腕を持つ者を連れて行く」

「皆、優れた腕の持ち主を選び船に乗せています。ですが年長の者を少し下船させましょう」

「それと異国で命落とす覚悟を持てぬ者もね」

「おかしなことを言いますね、御大将。そのような者がうちにいるわけないでございましょう。むしろ皆、いつ異国と一戦交えるのかと楽しみにしているような猛者共ですよ」

「……」

「南蛮商人を磔《はりつけ》にした日から皆そのような覚悟を持って鍛錬を続けていましたから。さぁ～出港の号令を」

「うん。皆の者、よく聞け、信長様の加勢に向かう。いざ出陣」

「おーーーーーーーーーーーー」

新たな旅の開始。

俺達は日本の地を再び踏みしめられることを願って、大坂城港を出港した。

それは1592年3月11日のことだった。

◇
◆
◇
◆
◇

《茶々《ちゃちゃ》》

『茶々へ

突然のことだが、しばらく国を留守にする。
必ず帰ってくるから、家族のこと、領地のこと、領民のこと、そして樺太《からふと》を頼んだ。
きっと無理をするなと茶々は言うだろう。
だが、今、織田信長の手助けを致さねば俺が目指す未来への道は切り開けぬ。
わかってくれ。
それと、笠間《かさま》稲荷《いなり》神社にいなり寿司の供物をたくさん届けてほしい。

黒坂《くろさか》真琴』

そんなことわかっておりますよ。

全て引き受け、真琴様が帰ってくるまで何があろうと守ってみせますから、必ず無事に帰ってきて下さい。

真琴様の代わりに旅の無事を、真琴様が特に崇拝している鹿島神宮、香取神宮、息栖《いきす》神社に代参を送り祈って貰った。

神様、どうかお守り下さい。


あれ？　笠間稲荷神社もでしたっけ？

まぁ頼まれれば、いなり寿司くらいいくらでも献上致しますが。

◇◆◇◆◇

「真琴様、いつまでもそのような緊張した面持ちをしていたら家臣達にも伝わります。長旅が持ちません」

「確かに……」

「ほら、私の膝枕で昼寝でもする余裕を見せて」

「なら、桜子の膝枕を」

「なんでよ？」

「だって、お初、筋肉つきすぎて硬いんだもん」

「うっ……」

武道を極める女、お初《はつ》、細マッチョ。

自覚しているので、膝枕は桜子になった。

側室の膝枕で昼寝をする余裕を見せると、兵達の緊張も少しずつ解けていった。

確かにどのくらい時間を使うかわからない長旅。いつまでも緊張させておけばストレスに負ける者も現れるだろう。

「お初、助言ありがとう」

「なにを今更」

「ふふふふっ、素直に喜べばよろしいのにお初様」

「桜子まで五月蠅《うるさ》いわよ」

「ふふふふっ」

桜子、意外に余裕だな。

梅子はと言うと、甲板で鉈《なた》投げの技を練習している。

波の揺れがあっても百発百中を目指すと意気込む。的に鉈が突き刺さると兵達は拍手喝采。

しばらくすると、それが船内の娯楽の一つとして皆が競って楽しんでいた。

そうだよね、長旅、娯楽を与えないと。

今回は急ぎの出航となってしまったから何も積めていないが、次の船旅の参考にしよう。

ニューギニア島を目指す俺は琉球《りゅうきゅう》ではなく、小笠原諸島からの最短ルートを選択。

わざわざ琉球から東南アジアを通るルートは避けた。

小笠原諸島からマリアナ諸島を通り、カロリン諸島を通るルート。

南蛮船といらぬ遭遇を避ける目的だ。

世界は大航海時代。

出くわした相手が悪ければ開戦となるだろう。

勝つ自信はあるが、被害が出れば織田信長《おだのぶなが》と合流する目的が達成出来なくなる。

今は一にも二にも織田信長との合流を最優先にしないと。

織田信長も琉球までは行くが、そのあと東南アジアルートではなく、小笠原諸島を目指すルートを使うそうだ。

1回目の航海で、それでハワイ島に到達してしまったらしい。

なんでそんな遠くまで行ってしまったのやら?

そのおかげで南国美少女が側室に加わったから文句はないが。

今までは南蛮とはあくまでも輸入輸出の関係を保つため争いは避けている。

もちろん、俺たちが乗る南蛮式鉄甲船は今ある技術を詰め込んだ戦艦。砲撃戦となれば勝つだろうが、その後の交易が廃れてしまえば元も子もない。

だからこそ、敢《あ》えてイスパニアなどの支配圏になりつつある東南アジアルートは避ける。

樺太に行くような日本列島沿いではない初めての遠洋航海は、織田信長直属の水軍の船に水先案内人を務めて貰《もら》う。

俺はお初が言うように黙って船室で横になった。

マストの上か船首に立ち、かっこつけたいところだが、単純に船酔いで気持ちが悪くなってしまった。

遠洋の波は激しく、俺に容赦なく吐き気を与え続ける。

それを優しく介抱してくれるのが、意外にもお初。

俺が桶《おけ》に吐いた物も嫌な顔をせず片付け、俺の口元を優しく濡《ぬ》れた手拭いで拭いてくれる。

「大丈夫ですか？　水飲めますか？　お粥《かゆ》だけでも食べてください。お粥が駄目なら味噌《みそ》を溶いた汁だけでも。桜子、味噌を湯で溶いた物を作ってあげて」

そう指示を出しながら俺の介抱をしてくれる。

5日ほど酷《ひど》い船酔いに悩まされたが、ようやく慣れ、お粥と梅干し、味噌汁は食べられるようになる。

「ありがとう、お初、桜子」

「今更なにを言いますか？　私は真琴様の側室筆頭、当たり前のことですよ。それに命を助けていただいた恩は一生涯かかっても返せませんからね」

今でもあの安土《あづち》城での敵襲来のときを覚えてくれているお初、律儀だ。

甘えて膝枕を頼むと。

「私のは硬いのでしょ！」

ふくれっ面を見せていた。

6日目の夕刻、母島に作られた海城に入港する。

大黒《だいこく》弥助《やすけ》の海城だ。

その海城は溶岩を切り、組み上げられた石造りの城塞。大砲がいくつも見えるが俺の家紋の旗を高々とあげながら近づく。

「空砲、放て」

敵対の意思がないことを示すため、大砲に弾が入ってないことを表すために空砲を放つ。

すると、母島の城塞の大砲からも空砲が撃たれたので入港する。

「名を申されよ」

城塞から大声で叫ばれると、宗矩が、

「右大臣・黒坂常陸守《ひたちのかみ》真琴家臣、柳生《やぎゅう》右近衛将監《こんえのしょうげん》宗矩である。当主自らお乗りの船、接岸の許しを求める」

「勿論《もちろん》にございます。どうぞお入り下さい」

　大声でやり取りをする。

　当主・大黒弥助は織田信長と行動を共にしていて不在だが、弥助と俺との関係は良好で弥助は娘を側室にしようとまで考えている仲。

　港に入港し宗矩《むねのり》が下りたあと俺も下りたと、

「もし、黒坂様がおいでになるようなことあらば歓迎せよと、我が殿から申しつかっております」

　とても厳《いか》つい筋肉の鎧《よろい》を身に纏《まと》っている兵達《たち》に出迎えられた。

「で、あるか。信長様に会いに行く船旅、補給と兵達の休息をいたしたい」

「はっ、ただちに手配させていただきます。本日はこちらでお休み下さい」

「御初《おはつ》にお目にかかります。留守を預かる大黒弥助が嫡男・弥太郎信輔《やたろうのぶすけ》」

　三階建ての小さな天守に併設された御殿に案内されると、190センチくらいありそうでこんがりと日焼けした、10代後半に見えるバスケットが得意そうな好青年が挨拶をしてきた。

「おっ、弥助の嫡男？　こんな好青年がいたんだね」

「そんな好青年だなんてお言葉をいただけるなんて」

「ははははっ、弥助と違って口数も多い」

「父は寡黙ですから。それより父に申しつけられていることがございまして、よろしいでしょうか？」

「ん？　なに？」

「会わせておきたい者がおりまして」

「もしかして弥助の娘？」

「はっ」

「この機会だから会っておくか」

するとお初が俺の横腹を鉄扇で突っついたって言うか刺した。

皮は貫いていないが、鉄扇を横腹に刺すって完全に暴力だよ。

激痛で腹を抱え、

「何するんだよ！」

「また側室増やす気？」

怒るに怒れなくなってしまう。

「弥助には一度断っているんだけど、信長様も承知の案件なんだよ。会わないわけにはいかないだろ」

「伯父上様も知ってるとなれば……」

それ以上は口ごもってしまう。

「弥太郎、かまわないよ。通して。ただし、側室にもらい受けると約束は……黒ギャル女子高生キターーーーーーー！」

返事を待っていました！　とばかりに突如開いた襖《ふすま》の先に立っていたのは、ムッチリとした黒ギャル女子高生。しかも少し黄ばんだルーズソックスと芸が細かい。

「父が右大臣様にお目通りするときは、この服装が良いと申しておりましたので」

弥助は俺の荷物を見ている数少ない人物。こちらの時代に来たときに持っていた鞄《かばん》の中に隠して付けてあった美少女萌《もえ》アクリルキーホルダーのことも知っている。

その中には確かに黒ギャル女子高生キャラもいた。

「弥助……ずるいって、これは。痛い痛い痛い、扇子で腹を刺すな、お初」

「ララとリリに着させれば事が済むではないですか」

「うっ……うん」

「あのぉ～よろしいですかぁ～」

けだるそうに正座して、頭を下げる黒ギャル女子高生、いや、弥助の娘。

「わたしぃ～大黒弥助の娘でぇ～弥美《やみ》って言いますぅ～」

「くぁ～なんで黒ギャル女子高生キャラクラー完成形なんだよ！」

「どうしました？　右大臣様」

「この馬鹿はほっといて良いのよっとに」

お初は呆《あき》れていた。

「きゃはははっなんかうけるぅ～」

「こら、弥美」

「良いから良いから気にしないで」

「わたしぃ～16になったらぁ～黒坂《くろさか》家に嫁ぐって言われて育ったのぉ～だからぁ～あと2年で16だからぁ～貰ってぇ」

「こら、弥美。なんたる口の利き方。右大臣様に謝りなさい」

「まぁまぁ良いって。それよりあの約束からもう4年の月日がたってしまったか。時間の流れは早いな。それで弥美は俺に嫁ぎたいの？」

「大名の姫ってそんなものっしょ」

「こら、弥美」

「くぁぁぁぁぁぁぁ脱力系黒ギャル女子高生最高！」

「はあ？　右大臣様？」

俺の興奮ぶりに怒って良いのか褒めて良いのか迷っている弥太郎にお初が、

「この馬鹿、女子の口の利き方なんて気にしてないから良いのよ。それより、14歳なんでしょ？　真琴《まこと》様、自分で決めたことくらい守りなさいよね」

側室最低年齢16歳と決めている。

体も心も成長し、自分の意思で物事を考え決められる年齢、さらに出産のことも考えてその年齢として決めている。

戦国時代というこの時代で言えば遅いほうだが、医術が発展していない以上、リスクは出来るだけ取り除きたい。

「わかってるって。弥美、そんな投げやりに物事を考えずに好きに生きなさい。一旦俺の側室になることは忘れて。それにしても……好みだ」

「えっ！　こんなわたしが好み？」

目を見開き突如として口調が変わった。

「ムッチリとした黒ギャル女子高生大好物」

「あはははははっ、ウケるぅ。わたし食べ物？　あはははははっ、兄様、決めた。わたし、黒坂家に嫁ぎますぅ～」

「はあ？」

お初《はつ》が一番驚いていた。

「だってぇ～おもしろそうじゃ～ん」

そう言って、おもむろに立ち上がり俺の隣に座り左腕を抱く弥美。14歳にしては巨乳で南国系の甘い匂いを醸している。

「まいったな、これは……」

「馬鹿、ちゃんと断りなさいよね」

「わたしより若いぃ〜前田《まえだ》様の姫が嫁いでるってぇ〜聞いてるけどぉ〜？　それにぃ〜御正室様との婚儀も14歳だったとぉ〜父は言ってたけどぉ？」

また口調を戻して気怠《けだる》げにジト目で言う弥美と睨《にら》み付けるお初。二人の視線がぶつかって火花が出ているのでは？　と思わせる。

しかし、痛いとこを突かれた。

前田利家《としいえ》の娘・千世《ちよ》と山内一豊《やまうちかずとよ》の娘・与祢《よね》はまだ11歳だ。

いや、まだ側室ではない。

だが、確かに茶々《ちゃちゃ》との婚儀は16歳より前。

そこを突かれると断るのは厳しい。

夜伽《よとぎ》をするのは16歳以上とすれば問題解決。しかも、織田信長《おだのぶなが》のお墨付き側室となるとお初もあまり強く反対出来ない。

茶々にいたっては順序立てた側室なら怒らない。

大名同士の婚儀は普通のことだとも思っている。

ましてや今や海外渡航で重用されている織田信長側近大名となれば、黒坂家としても縁を深めておくべき存在。

「もう、勝手にしなさい」

お初はそう言い残して退席してしまった。

ここで返事をすると角が立つと判断する。

「今回は急ぎの最中、返答は弥助にいたす」

そう返事をするのが精一杯だった。

だってあまりにも好みの姿に完成しているんだもの。


夕飯は島の食材を弥美が料理をしてくれた。

桜子《さくらこ》達が感心するほど手際が良い魚捌《さば》きだったそうだ。

弥助が、黒坂の家に嫁ぐなら料理は出来ないと言って料理人を雇い教えて貰《もら》っているそうだ。

カラフルな魚の刺身、意外に美味《おい》しく食は進んだ。


すんなりと補給もされ、２泊したのち再び太平洋に船を進める。

天気に好かれているのか南下は順調に進む。

ミクロネシア諸島、サイパン島、グアム島はすでにスペインが領有権を宣言している島だが、現状幕府はスペイン・イエズス会とは交易する関係を維持しているため、入港拒否はなく、水、食料の補給には事欠かなかった。

鉄甲船の珍しさに港には人だかりが出来る。

グアム島では原住民の踊りで歓迎されるが、直接的に原住民チャモロ人と接する機会は貰えず、ただただ、褐色に日焼けした美女に鼻の下を伸ばしていると、お初に蹴られた。

こんがりと日焼けした綺麗《きれい》な肌の踊り子たち、椰子《やし》の実を半分にして作られた乳当てに腰ミノ。情熱的な踊りに目を奪われてしまったんだから大目に見てほしい。

チャモロ人は何か言いたげな様子を見せていたが、今回は先を急ぐ旅、深入りを避けた。

おそらく宗教問題や文化の押しつけ、そして支配の問題があるのだろうが、今は目をつぶりたい。

ただ、『時が来たなら動く』そう心に秘めた。

今はなによりも織田信長のことを優先せねばならない。

「真琴様なにかある様子が」

「今は先を急ぐ」

「はい……」

お初も何かを察したようだが、それ以上は言わない。

宗教問題で戦争が勃発し、原住民チャモロ人を大量虐殺するようなら今動かねばならないが、現状スペイン・イエズス会はそれよりも俺達、日本国の動向を気にしている様子。

「クロサカサマ　ウワサは　カネガネ　ぜひともいちど　ひたちへ　いこうとおもってた」

一人の宣教師が夕食のときに片言の日本語で話しかけてきた。

「日本に来た際は是非ともお立ち寄り下さい」

「ワタシは　ルイス・フロイス　ともだちね　いつかのおれい　きっとするね」

そう言って不敵な笑いを見せる。

ルイス・フロイス、俺により日本国から追放された男の名前。

しかし、その後釜はちゃんと日本国に来ていまだ布教活動をしている。

伴天連《ばてれん》追放令などは出していない。

となると、個人的な恨みだな。

つまらぬ争いの芽は絶つ。

宗矩《むねのり》に目で合図をする。

その宣教師は翌日の朝、グアム島の綺麗なビーチを血で染めていた。

俺は国を守るためなら不動明王のごとくになると決めている。

織田信長が第六天魔王と名乗るなら、俺は不動明王だ。

以前、鶴美《つるみ》に言われてそれが妙にしっくりときた。

鬼退治の俺が『心を鬼にする』より、『不動明王として退治する』ほうが良い。

鬼、妖怪、邪鬼を打ち倒す不動明王。

『武甕槌大神《たけみかづちのおおかみ》の使い』と迷うところだったが。


俺は染まるビーチを素知らぬ顔で一瞥《いちべつ》し、グアム島を後にした。


グアム島からさらに南下すること4日。1周2キロほどと海からでもおおよその全体が見える島に、織田信長直轄南蛮型鉄甲船戦艦2隻が停泊し、島には織田信長の旗印が見える。

俺はその島に近づき空砲を撃った後、小船で使者5人を送る。

使者に出したのは佐々木小次郎達《ささきこじろうたち》だ。

1時間もしないで戻ってきて、

「常陸《ひたち》様の上陸は許可されているので歓迎すると申しております」

「ん、なら上陸する」

その小さな島は、島から切り出された木を組み合わせて建てた、ログハウスっぽい建物が並ぶ砦《とりで》が作られていた。

「黒坂常陸だ」

そう言って上陸すると、

「お久しぶりにございます。関東の乱のおり同じ船に乗っておりました、九鬼嘉隆《くきよしたか》が家臣、瀬戸内太郎波平《せとうちたろうなみへい》、この島の代官を務めております」

出迎えた人物は確かに北条《ほうじょう》の小田原《おだわら》城砲撃や久慈川の合戦の際、乗船した船で顔を見ている。

あのときは名までは聞かなかったが。

「この島は？」

「無人島でしたので占領いたしました。なんでも、常陸様が島を占領するよう提案なされたとか」

「あぁ、確かに言った」

平和的に領土を拡大する。無人島なら占領、そうでないなら割譲してもらう、小島を買い取る、港のみを買い取りをしていく。

それが俺の友好的で平和的な領土拡大戦略。

そうした拠点を所々に作り、航路を作り、最終目標はオーストラリア大陸占領。

オーストラリア大陸の占領はまだどこもしていない。

意外にもオーストラリア大陸占領はずっとあとの時代、歴史の授業で習っている。

だからこそ穴場の大陸、地下資源も豊富で魅力的な大陸だ。そこを占領して多くの鉄鉱石を手に入れ国力を高める。

オーストラリア占領こそが、日本を大きく変える。

「信長様は？」

「はっ、これより南の大陸、密林に覆われた大陸を占領すべく攻めております」

ん？　俺の占いでは織田信長はニューギニア島にいるはず。

ん？　密林？　あれ？　もしかして織田信長、ニューギニア島をオーストラリア大陸と間違えて攻め込んでいる？

ニューギニア島は港作りに必要な東西の半島だけが欲しいんだけどな、全支配をもくろんでいる？

原住民大量虐殺はしないでいてくれよ。

「先を急ぐ。水と食料を分けて貰えるか？」

「はっ、幸いなことに真水が湧き出しておりますので、大丈夫でございますが、食料は亀や海獣の干し肉などで大丈夫ですか？」

「亀でも海獣でも分けて貰えるならありがたい」

海獣？　南の島の海獣？

干し肉を作っている現場を見せて貰うと、まな板に載っていたのは、ジュゴン？　マナティ？　愛くるしい顔の海獣だった。

まぁ~仕方がない。

水族館で可愛《かわい》い姿を見たことがあるだけに、心がチクリとするが、ここで食料の補給をしておかないと次、いつ出来るかわからない。

出来るときにしておかないと。

食料を分けて貰い、織田信長の本隊と合流すべく南へと急いだ。


島を離れて7日。波音に紛れて大砲の音が聞こえ、そちらのほうに船を進めると、明らかに織田信長の艦隊、そして巨大戦艦KING・of・ZIPANG・Ⅱ号。

島から少し離れたところに停泊していた。

その先に見える島、鬱蒼《うっそう》とした密林が海岸線まで迫っている島。

ニューギニア島に接岸している船もあれば、沖から艦砲射撃をしている戦艦もあり、島の密林からは煙、火縄銃の音も聞こえる。

こんな島に艦砲射撃は無駄遣いだから。

KING・of・ZIPANG・Ⅱ号近くに接近し小船に乗り移り、その船を目指す。

俺であるのがわかるように抱き沢瀉《おもだか》の家紋が入った旗を大きくしっかりと見せて近づく。

「黒坂常陸守真琴《くろさかひたちのかみまこと》、信長様にお目通りしたい」

「あっ、常陸様、来たんですか？」

船から聞こえたのは甲冑《かっちゅう》に身を包んだ森蘭丸《もりらんまる》の声だった。

俺がその船に縄梯子《なわばしご》を使って上り乗船すると、

「どうしたんですか？」

「いや、信長様の動向が摑《つか》めず捜してはくれぬかと信忠《のぶただ》様に頼まれて」

「なるほど、常陸様が占領を目指していた大陸攻略に専念致してたので」

「そのことですぐに信長様に会いたい」

「はい、こちらです」

もちろん案内されるのはKING・of・ZIPANG・Ⅱ号の船尾にある小天守のような艦橋、

「入ります」

「おお来たのか？　見よ、オーストラリア大陸とやらに攻めこんでおる。儂《わし》の物になるのも時間の問題じゃぞ」

自慢気に軍配で指し示しているが、

「あの、ここ違いますよ。ここはオーストラリア大陸の一歩手前。ここで無駄に兵や武器弾薬を消耗するより、すぐに撤退して下さい。密林は泥沼の戦になりかねません。このようなところで時間を取られていると、うちらの目的地が察せられ、オーストラリア大陸占領を先にされてしまいます」

「なっ、もう兵は奥地まで入っておる。このまま、この島を占領する」

「あまりお勧めしませんよ。それと、念のため、信長様《のぶなが》ご自身は島に上陸は避けてください。マラリヤとか伝染病の感染を避けたい。出来ればこの船の兵も島に上陸していない者にして下さい」

「流行病《はやりやまい》があるのか？」

「ごめんなさい、医学知識は乏しいので詳しくは説明出来ませんが、俺のいた時代の70年前、やはり日本はここを攻めてます。そのとき、病気に悩まされたと聞いているので」

「わかった。常陸の言うようにいたそう、しかし、ここは常陸が欲しがる大陸ではなかったのか」

　少し拍子抜けした顔で世界地図を見ている。

「一応、ちゃんと書いてあるんですがね、パプアニューギニアと」

　その世界地図を指差す。

　すぐ下が目的地オーストラリア大陸だ。

「なら常陸、ここまで来たなら自らが行け。武器弾薬、食料はぬかりないのだろ？」

「もしものときに備えてはおりますが」

「よし、常陸、貴様が欲しがる大陸をその手で摑み取ってこい。蘭丸、船を5隻、常陸と共に向かわせよ」

「はっ、すぐに手配致します」

「わかりました。世界情勢が一気に変わりそうなので急がねばなりません。オーストラリア大陸は俺が占領してきます。この島ニューギニアは、東と西の半島だけの占領だけで良いですから、無理に深入りするのはやめてください。それと、虐殺は遺恨を残します。略奪が目的ではなく占領統治が目的です。後の世まで続く日本にするのが目的なので、くれぐれも戦は最小限で」

「えぇいわかったわかった。良いから早く行け」

「では、オーストラリア大陸で」

俺には織田《おだ》信長の無事、そして再会を喜んでいる暇はない。

日本が、織田信長が、俺が、オーストラリア大陸を目指しているとわかれば、大航海時代で土地を増やそう、支配圏を拡《ひろ》げようと各国の船、冒険者、海賊が争っているまっただ中、先を越されかねない。

急いでオーストラリアに船を進める。

織田信長のニューギニア島攻めは目くらましに丁度良い。

「皆の者、心して聞け。これより異国の船が見えたときは容赦なく砲撃する。行き先を感づかれてはならぬ。目的の地をどこよりも早く占領する。良いな」

「はっ」

第五章　新大陸

《お初《はつ》》

青い青い海、たくさんの珊瑚礁《さんごしょう》、白く光る砂浜、日本とは違う砂浜。

「え？　なに？　何か泳いでる？　え？　なに？」

海を見ながら見たこともない影を指さして言うと、真琴様は、

「あれはマンタだな、おっ、あれはジンベエサメじゃないか？」

そう言って教えてくれる。

海の中、まるで翼をばたつかせるように泳ぐ不思議な生き物と、大きく口を開く巨大な魚。初めて見る光景に何もかもが美しく見える。

北の海とは大きく違う世界。

世界とはこんなに違うものなのか。

本当に来て良かった。

姉上様やお江《ごう》には悪いけど、やっぱり真琴様と一緒に行動すると何もかもが楽しく新鮮。

「ほら、あれが俺が目的とする大陸だ。オーストラリアって言うか、俺の時代ではそう呼

ばれていたから俺もついついそう呼んでいるが、今名付けてしまえばそれが名前になるのか？」

真琴様は目を輝かせて言う。

「なら、茨城大陸にしてしまいますか？」

「ハハハハハハッ、悪くはないが『茨城』がいっぱいになるからやめておこう、オーストラリア大陸で良いや」

そうやって目を輝かせている笑顔、実は好き。

でも、正直に言えないのが悲しい性かな。

「ほら、お初、上陸するから甲冑を着てくれ」

「あっ、はい、わかったわよ。私も付いていくんだからね」

初めての土地、どんなことが待ち受けているの？

急いで甲冑を着て、火縄銃改を背負い、薙刀《なぎなた》を手にし、真琴様に続いて船を下りた。

珍しい赤い大地が広がっている。

え？　なに？　お腹《なか》に袋？　え？　なに？　木にしがみついている可愛い生き物、え？　なに？　ピョンピョン跳ねてる生き物？　え？　なに？　お腹から、なんか顔出してるよ。

「あっ、カンガルーだ。あれ、さっぱりした肉で美味《うま》いんだよな」

真琴様にはみんな食料として目に映るのかしら？

あれ、食べるの？　木にしがみついている生き物も？　そっちは食べては駄目？

真琴様の未来の知識、伯父上様が欲しがって重用するのもわかるわ。

好奇心をいつになっても忘れさせないのですから。

◇◆◇◆◇

オーストラリア大陸ケアンズ。

ニューギニア島のマダン付近を攻めている織田信長と離れ、ビスマルク諸島の海域を抜ける。

地名などは本当ならまだないのだが、俺が覚えている地名、海域名だ。

今更新しく名前を付けることは考えていない。

21世紀に使われていた名前をそのまま使う。

珊瑚礁の群生地、グレートバリアリーフの綺麗《きれい》な海を南下し、目指すはケアンズ。

なぜそこを目指すか？

単純だ。一度来たことがあるからこそ、この地を選んだ。

地形は余程のことがなければ変わらない。

記憶に残る地形を利用したい。

ケアンズの湾の中にはアドミラルティ島がある。

島の周辺部が川に囲まれているので、天然の要塞に出来ると考えたからだ。

「上陸の準備をせよ。小船に移り上陸する。お初も付いて来たければ甲冑を身に着けよ」

和式愛闇幡型甲冑を身に着けさせる。

桜子《さくらこ》と梅子《うめこ》は船で待たせる。

「皆の者よく聞け、御大将自らの御言葉《おことば》である」

柳生宗矩《やぎゅうむねのり》が上陸しようとする兵を集める。

「上陸に際して注意事項を申す。煙を焚《た》き虫を追い払え、蚊などに刺されぬよう肌の露出は注意をせよ。蛇にも気をつけよ、猛毒を持つ蛇も多い。また、勝手に生き物を食べようとしてはならぬ。そして、これが一番の重要なことだが、先住民を無闇に殺してはならぬ。俺の目的はこの大地の統治ぞ、よくよく考えて行動せよ」

上陸しようとする兵に命じ小船に乗ろうとする。

すると当たり前のごとく、宗矩も下船の準備をするのだが、

「宗矩は下船するな」

「え？　なぜでございます？」

「宗矩には宗矩だからこそ頼みたい仕事がある。これを見よ」

俺はオーストラリア大陸の記憶をたどり、詳しく描いた地図を広げる。

「今はこの東の地に上陸するところ。宗矩は西の地で、良きところを探して上陸、砦《とりで》を築いて占領して貰《もら》いたい」

「なぜこのような地図が描けるかがわかる私でないと駄目ということですね」

「はい、まぁ、その」

「あぁ、気が付いているのだろ？」

「このような地図は最高機密にも近い。俺のもっとも信頼出来る家臣の一人、宗矩だからこそ任せられる。わかるな？」

「はっ、わかりました。この宗矩、期待に応えられるよう砦を築いて御覧に入れましょう」

「すまぬがその砦で、南蛮から来る船からこの大地を守ってくれ。しばらくそこに住んで貰うことになる」

「お任せください。しかし、佐助《さすけ》と才蔵《さいぞう》は御大将の警護に回します。良いですね」

「わかった」

俺は宗矩に9隻ある南蛮型鉄甲船の中から3隻を任せ、西の地の占領を命じた。

キンボルトン付近を目標にするように命じて。

オーストラリア大陸占領、何をもって日本とするかが問題だ。

今考えている手段、それは東西南北に砦、城を築き実効支配する。

また、先住民と接触して土地の割譲、もしくは、日本国に属した大陸と認めさせる。

そして、各国に使者を出してオーストラリア大陸を日本として認めさせてから交易を始める。

それまでは南蛮の船が近づけば砲撃で迎え撃ち、上陸を阻む。

それがこれからしばらくの計画だ。

オーストラリア大陸の価値に気が付かれないうちに日本国にしたい。

「御大将、くれぐれも油断致されぬよう」

「宗矩もな」

◇◆◇◆◇

1592年6月6日

上陸作戦を決行する。

6隻の南蛮型鉄甲船から一度に30発の大砲を放つ。

無差別艦砲射撃、警告の射撃だ。

船からはアボリジニの姿は見えないが念のため牽制《けんせい》する。

もし近くにいるなら音と大地を揺らす艦砲射撃で引いて貰いたい。

時折放たれる大砲の轟音《ごうおん》の中、小船8隻約100人の武装した兵で目的の地に上陸を開始。

先頭に抜刀した俺。後ろには佐々木小次郎《ささきこじろう》も抜刀して臨戦態勢だ。

兵達《たち》は火縄銃改の火蓋がいつでも切れるようにしている。

お初も薙刀を構えている。

そして、目的のケアンズの砂浜に俺は足を下ろした。

史実歴史時代線の大航海時代、新天地を探し荒らした者が多い中、オーストラリア大陸に初めて上陸したヨーロッパ人は1606年のオランダ人とされている。

しかし、植民地不適合と判断され1700年代まで放置される大大陸。

俺はその地に誰よりも早く足を下ろし、

「これより、この大地、大陸は日本国であると宣言する」

まぁ、うちの家臣しかいないから有効性のある宣言ではないのだけど、新大陸に第一歩を踏み出した記念にかっこつけてみる。

後の世にオーストラリア大陸発見者として、俺の名が歴史に刻まれた日になった。

お初になんとか動いてくれるスマホを渡して撮影してもらいながら、太刀を高々と上げてポーズ。

木に摑《つか》まってるコアラを無理やり剝がして抱っこしてポーズ。

「あっ、真琴《まこと》様、私にも触らしてください。うわ～可愛《かわい》い～スッゴい爪でがっつり摑んできますね。うわ～モコモコ」

コアラをお初に渡すと大喜び。

そんなことをしている間に陣幕が張られ、簡易的な陣を佐々木小次郎が指示しながら作らせる。

小船が南蛮型鉄甲船との間を何度も往復し、５００名が上陸した。

「よし、次は砦の建設を開始せよ」

熱帯性気候地域に属するケアンズ。南半球は6月は冬なのだが、半袖で過ごせそうなくらいの心地好い気温だった。


オーストラリア大陸の東海岸にある平成時代線での名・ケアンズ、そこの湾の中にあるアドミラルティ島。

ここに俺はオーストラリア最初の拠点、ケアンズ城を建て始めた。

周囲は川で自然の水堀。そこに木を組み上げてログハウス工法で急ピッチで作り上げる。

今回、食料、水、弾薬等優先で、ドーム型住居パネルは運んで来ていないので現地調達。

船の保守修繕をするために乗船している船大工達が中心となり建てる。

木は本来、乾燥など加工が必要なのだが、今は兵達が雨風を凌《しの》げる場所作りが優先。

敵や動物、虫などから身を守って安心して寝られる場所が必要だ。

建物の良《よ》し悪《あ》しは残念ながら二の次だ。

飾りっ気もないログハウス。

左甚五郎《ひだりじんごろう》を連れてきていれば、萌《も》えな彫刻入りログハウスが出来るのだろうが仕方がない。

本職外の兵士と船大工で作り上げなければならないのだから、贅沢《ぜいたく》は言っていられない。

次の渡航でうちの自慢の大工集団を連れてこよう。

そして皆より重要なのは食料の調達。

兵達にはカンガルーと鳥とワニ、魚の採取を許可した。

お初《はつ》が船の中まで連れてきて抱いているコアラ。

「これも食べるのですか？」

お初にしては珍しく、ウルウルした目、お気に入りのぬいぐるみを親にもう汚いからと捨てられそうになっている子供の目で訴えかけてきた。

俺にはそんな可愛い目を見せないのに、コアラには見せるのね。

その後ろでは梅子がギラギラした目でお初が抱くコアラを今か今かと見ている。

梅子、料理人として容赦なし、全てが食材に見えるらしい。

桜子も鍋に湯を沸かしている。

どう料理するつもりなのだろう？　だが、

「そいつ確かユーカリの毒を体内に蓄積しているとかなんとかで食用には出来ないはずだから食べないよ。前に来たときに食べた記憶ないし」

「真琴様、私達だから良いのですが、他の人に聞かれないように注意して下さいね」

せっかくコアラを助けたのに理不尽に怒られてしまった。

未来から来ているのを知っているのは極々限られた者だけなので仕方ないが。

梅子は、

「え～捌《さば》いて皮取りたかったです。あっ、肉は食べなくても皮使えるです。御主人様の毛皮陣羽織、その生き物で新調しましょうです。子供達にも良い土産になりますです」

「捌かせないわよ」

お初と梅子がコアラ取り合いバトルしそうなのを桜子が間に入って止めていた。

確かにモコモコして温かそうだけど陣羽織作るのに何匹必要になるやら。

「わざわざ何匹も使いそうな毛皮はいらないって。熊や狼《おおかみ》みたいに駆除しないとならない生き物や、食べるために捕まえた生き物の毛皮を使おうな、梅子。毛皮のためだけってのは無益な殺生だよ」

「御主人様がそう言うなら……でも捌いてみたかったのです。ここには狼や熊は？」

腰の鉈《なた》を摑んで微笑《ほほえ》んで言った。

もしかして家族で一番危険なのは梅子なのか？

猟奇的な料理人にジョブチェンジか？

狭い船内でストレス蓄積？　新鮮な肉をしばらく捌いていないから捌きたいのか？　梅子は？

ある日の夕飯の支度はちょっと見ていられなかった。

燃えたぎる料理人は容赦ない。

桜子と梅子二人して、兵が捕らえてきたカンガルーの皮を剝いで肉を切り分けている姿を目撃することとなる。

カンガルーが鮟鱇《あんこう》のように吊《つる》し切りされていた。

ワイルドだろー？　俺の側室……。

勿論《もちろん》食べるが、なんか悲しい。

人間のおじさんのように地面に横たわっているカンガルーの姿に親近感があるせいだろうか。

しかし、カンガルーは安全に食べられる肉。

これからは食材として、牛や豚と同じような感覚で慣れないと駄目だろう。

カンガルーの肉は味噌《みそ》が塗られ串に刺されて焼き肉になる。

臭みは海獣よりは少なく、嫌な脂分もない淡泊な肉。

そりゃ～あれだけの運動量なのだから引き締まっていて当然か？

だが、筋肉質だからとやたらに硬いわけでもない、大変食べやすい肉だ。

平成時代でもオーストラリアで一般的にスーパーで売られ食べられているし、旅行で来たときにも食べている。

トドだのオットセイだのよりは美味《うま》い。

ブランブランした玉をどうにか出来ないだろうかと二人は悩んでいたので、料理に入れられる前に処分を命じた。

小糸《こいと》と小滝《こたき》だったら燻製《くんせい》にして漢方薬や精力剤にされそうで怖い。

「小糸さん達なら絶対に捨てませんよ」

「お願いだから桜子《さくらこ》まで小糸化しないで！　絶対その玉に栄養ないから」

「御主人様がそう言うなら捨てますが、袋は使って良いですよね？　鞣《なめ》したら小物入れになりそう」

「うっうん、なんか俺の玉袋は縮こまってきたけど」

「まぁ～それは大変、伸ばさなくては！」

「待て待て、下着を脱がそうとするな」

桜子が俺の腰に手をかけてくるとすぐにお初が、

「ほら、昼間っから何やってるのよ！　珍しい桜子の姿に私はびっくりよ」

「ふふふふっ、だって異国の地が楽しくて楽しくて仕方ないのですもの」

本当に、珍しく桜子はテンション高めだった。

まるでハネムーンに来たかのように。


ワニも皮が硬いと言いながらも、尻の穴から包丁と鉈で解体する桜子と梅子《うめこ》。料理は二人に任せておこう。

そんなワイルドな生活が始まって2ヶ月、砦《とりで》は城と名乗れるほどの姿に進化を遂げた。

ケアンズ城の完成後、川を渡った場所、城の建築のため木々を切り倒したところを畑にするように命じた。

作業を始める中、人影がちらほら見えるようになる。

食料調達に行っている兵達からも、現地住民、褐色の肌に白い物で模様を描いている者たちが様子を窺《うかが》っていると報告が届いた。

「大殿、向こうが様子を窺い始めています。いかが致しましょう」

「ん～言葉が通じない相手との接触は難しい。少し考える。こちらからは身を守る以外は手出しを致すな」

「はっ、皆にそのように伝えます」

姿を見せ始めたのは間違いなくオーストラリア大陸先住民アボリジニ。

初めて見る異国の俺たちをどうするべきか窺っているのだろう。

言葉が通じぬ相手を武を以《もっ》て制したくはない。

どう接すれば？　ずっと考えていてなぜか頭をよぎったのは上杉謙信《うえすぎけんしん》。

籠城する北条《ほうじょう》軍・小田原《おだわら》城に単騎で門前まで行き、そこで酒を飲んでみせたという豪胆な話だ。

それを参考にしてみるか？

現在相手側も様子を窺っている。

仇《あだ》なす者か、自分たちに有益になる者か、試そうとしてくるはず。

しばらくして、小競り合いが発生したらしく、木で出来た武器を投げてきたが斬り落としたと言う佐々木小次郎。

相手が投げてきたブーメランを手にしていた。

「御大将、統治するなら、やはり少しは戦をして強さを見せつけなければと」

「武を以て制するのは確かに容易《たやす》い。しかし、それは最終手段。言葉でコミュニケーションが取れれば本当は良いのだけどわからないしね……こういうときは贈り物が一番。酒と美味い物で釣ってみよう。梅子、酒とつまみを用意してくれ。味はラララ・リリリ姉妹が好んで食べているような薄味で頼むよ」

「わかりましたのです」

「小次郎《こじろう》は開けた場所に机と椅子を並べてくれ。よくよく周りから見える場所が良い」

「はっ、すぐに手配いたします」

そう言った数日後、草木が刈り取られた草原に机と椅子が用意される。

まるで魔女とお茶でも飲むのかという感じに。

「大殿様、考えていることを我々二人にだけでもお教え下さい」

猿飛佐助《さるとびさすけ》と霧隠才蔵《きりがくれさいぞう》が心配そうに聞いてくる。

「なに簡単なことだよ。相手が見えるところで食事をして気を引く。近づいてきたところで酒宴に誘う」

「なんとそのような危険なこと、柳生《やぎゅう》様ならお止めになるかと」

「確かに止めるだろうけど、まぁ見てて」

柳生宗矩《むねのり》から俺の警護を命じられている二人はいかがしたものかと相談し、

「大殿様、我々忍びはその近くに穴を掘り潜ませていただきます」

「佐助、無茶はしてくれるなよ」

「はっ。しかし、我々は大殿様の命が何より大切。事と次第によっては大殿様の命に従いかねます。それで罰が下されるなら甘んじて受ける覚悟」

それに対してお初が、

「なら、私が命じるわ。真琴《まこと》様の御命《おいのち》を守ることを一番としなさい」

「はっ」

「はいはい、これで俺は佐助達《たち》忍びを罰せられないわけだけど、兎《と》に角《かく》ギリギリまでは出ないでよ。武力を使わないで接触、誰も殺さず傷付けずに占領したい。信長《のぶなが》様みたいに武力を使えば、そりゃ～早く占領出来るけどさ、遺恨が残れば今後の統治を難しくするからね。この広大な土地を未来永劫《みらいえいごう》日本国として統治したいからアボリジニとは仲良くしたい」

大航海時代、ヨーロッパの国々がしたような、武力を以て占領することだけはしたくない。

大量虐殺なんて絶対にあってはならない。

俺の上司・織田《おだ》信長なら有無を言わさずするだろうが。

桜子と梅子が作った重箱に詰められた料理、何と言う名の鳥だかわからないが唐揚げとカンガルーのフライ、魚介類の一夜干し、卵焼きなどを入れ、酒を持ち一人で行こうとすると、

「私を置いていかないでよ。行くに決まっているでしょ」

お初《はつ》がついて行くと言う。

「だよね。だけどついて行くなら甲冑《かっちゅう》着て。それと絶対に勝手に行動しないで」

「わかっているわよ。真琴様こそちゃんと着てよね」

和式愛闇幡型甲冑を着て、二人でその草原の真ん中に作られた椅子に座った。

そして仮面を上げ二人で酒を飲みだす。

「ふ～暑い。これ樺太《からふと》仕様の甲冑だから、ここでは暑いなぁ」

「確かに。でも相手がどう出てくるかわからないんだから甲冑は必ず着けていてよね」

「はいはい。お初こそ無理はするなよ」

「真琴様こそ倒れないでよね」

二人で始まる謎の我慢大会ピクニック。

すぐ近くには夜中密《ひそ》かに掘られた穴に忍びが15人潜んでいる。

これぞ土遁《どとん》の術？　水辺の近くなら水遁《すいとん》の術も見せてくれるのだろうか？

「こんなところで飲むのも面白いだろ」

「ええ、面白いわね。本当、真琴様といると想像出来ないことが多くて楽しいです。しかし、盃《さかずき》がこれでなければ、さらに良いのですが。で、何をお考えなのですか？」

萌《もえ》美少女が描かれた馬上杯をお初は気に入らない様子。

「まぁ、何も考えるな、今日はほどほどで帰る予定だが、人影を感じても気が付かないふりを続けてくれ」

そう言って二人で何事もなく2時間、そこでピクニック気分で酒盛りをしたのち、城に戻った。

「御主人様、お弁当あれで大丈夫でした？　御主人様はもっと濃い味付けが好きなはず」

「薄味だけど美味《おい》しかったよ。あれでしばらく続けて」

「はい、わかりました。ラララさん達のような異国人向けの味付けで続けますね」

桜子と梅子は俺の好みを熟知しているので薄味料理を気にしていた。

だが薄々察して薄味料理を二人で食べるには多い量を重箱に詰めてくれた。

これを4日ほど続けると、

「真琴様、今日は近づいてきますよ」

「だな、気が付かないふり気が付かないふり」

「無理です、5人一気に走ってきましたわよ」

アボリジニと思われる5人が走り寄ってきた。

木が削られて石の刃がつけられた槍《やり》を持つ者と、ブーメランを持つ者が俺の前に立つ。

俺は静かに盃、お初が嫌がる当家自慢の萌《も》え萌《も》えな美少女が描かれた陶器の盃に酒を人数分注いで、机に並べた。

俺は静かにまた飲み、お初はいつでも抜刀できるよう刀に手を添えている。

アボリジニ。

「#$"%&'()'&')###$%&!"#$%&'(」

通じるはずもない言葉を言ってくる。

俺は酒を入れた盃を指さし、飲めと身振り手振りで表現する。

一人の若そうな男が机に近づき、仲間が止めようとしている中、盃を手にして口に運んだ。

「くわほーーーーーーー #$$"!%$'(&%$#」

アボリジニは酒の文化がないと聞いているので初めてのアルコールだろう。

食道をじりじりと通る飲み物は初めての体験のはず。

幼子が初めて炭酸ジュースを飲んだときに見せる反応に似ている。

毒だと思ったのか、口に指を入れ吐き出そうと焦りを見せたが、俺がもう1杯飲んでみせると流石《さすが》にやめた。

一人の若者が萌美少女陶器をがっつりと見ている。

そうだ、二次元美少女は言葉の壁、文化の壁を破壊する興味深い絵のはず。

美少女VTuberをつるし上げるような頭の固い政治家は新文化を否定していたが、世界の多くの目が『可愛《かわい》い物』として認識していた萌えは、今だって可愛い物と映るはず。

「あげるよ」

通じるはずもないが、身振り手振りで表現する。

他の4人も恐る恐る酒を口に運んだ。

俺はその盃に酒をまた注ぐ。

「さあ飲め、食べてくれ」

串に刺してある料理を食べて安全なのを見せつける。

一人が恐る恐る食べた卵焼きを喜んでいる。

少々の砂糖が入った甘めの卵焼き。

「ふふふっ、胃袋の紐《ひも》はつかませてもらったぞ」

「真琴様？　良いのですかこれで？　何も伝わっていないと思うのですが」

「これでいいんだよ。これが一歩なんだから」

その日用意した料理と酒がなくなると、5人は酔いつぶれ倒れていた。

俺は5人分の萌美少女盃を残したまま城に帰った。

「真琴様、あれで本当に仲良くなれるのですか？　私は鳥などわかりやすい絵柄が受け入れられると思うのですが、よりにもよって萌陶器なんか……」

「さあ、どう出るかだな。酔いを心地よいと思うか毒と思うかは、あの5人にかかっている。あの萌美少女盃には敵対の意思がないことを表現しているつもりなのだがどう出るかだな」

盃に描かれた萌えな美少女は微笑《ほほえ》みながら踊っていて、大変楽しげだ。

料理と酒とそれを気に入ってくれさえすれば……。


次の日も俺は、お初と同じように草原へピクニックに行く。

料理の入った重箱に萌え萌えな美少女が描かれた酒瓶、盃を持って。

お初と今日もちびちび飲んでいると、昨日の5人が現れた。

迷わず椅子に座るので盃に酒を注いだ。

5人は一口飲んだ後、昨日の盃と共に葉っぱに包まれた物を机に置いて葉っぱを広げた。

「おっおっおっ～、金とオパールじゃん」

「綺麗《きれい》」

お初は石に星空を詰め込んだような、なんとも不思議な輝きを持つオパールに目を奪われた。

なんだかんだ言ってもお初は女だな。

いつの時代も宝石は女性の心を摑《つか》む。

そのオパールと金を見せ、身振り手振りで昨日の盃と交換してくれと言っているのがわかる。

「昨日のはあげたつもりだったのだけど良いか。なら今日はこれをあげよう」

レ〇とラ〇が描かれた酒瓶を渡すと5人は興奮している様子。

さて、ここからどうやってコミュニケーションをとっていくかな……。

「萌え萌えキューン。萌え萌えキューン」

「真琴様、突然どうしたのよ？」

「先《ま》ずは、萌えを理解して貰《もら》おうと思って」

「馬鹿なんじゃない！　普通は挨拶か名前からでしょ。はぁ～本当、馬鹿」

「なぜこんなところで夫婦喧嘩《げんか》をしておる？　お前達は？」

唐突に後ろから声が聞こえた。

「あっ、信長様。着きましたか。これはそのアボリジニに友好的接触を試みているところで」

後ろには、織田信長の側近・大黒弥助《だいこくやすけ》と、アボリジニと少し似た顔立ちで腰ミノを身につけた、日焼けした肌の男が3人、ペコペコと頭を下げている。

「弥助、伝えよ。この大地を少し分けてくれぬか。貴様たちが大事にしているものまで取る気はない。この大地の海に面した土地を少し譲ってくれればよい。悪いようにはせぬ、と」

信長が大黒弥助に命じると、弥助は後ろに付いてきている人にそれを伝えた。

さらにその後ろの者が萌美少女盃を大事そうに抱えている5人に話しかける。

「パプアニューギニアから連れてきた者だ。少しは言葉が通じるはずだ」

「常陸様《ひたち》、この人達奴隷船で一緒だった人達と近い言葉を話している。少しだが言葉通じる」

弥助はニューギニア島の原住民と意思疎通が出来るらしい。

さらにそのニューギニア島の原住民がアボリジニと身振り手振りと言葉を合わせて意思疎通を試みているよう。

それが伝わっているのがわかるのは、アボリジニの笑い声がするからだ。

「上様、この者達の村に行き話を付けてきます」

「ああ、頼んだ。気を付けて行け」

弥助達9人は森へと消えていった。

「え！　弥助一人？」

「やつに任せておけ。下手に護衛を付けると戦になる。ん？　それはなんだ」

お初が手にしているオパールを見ながら言う信長。

「オパールという宝石ですよ。確か世界でも豊富に採れるのはここだけだったはず」

「ほう、なかなか綺麗な物だな。それを常陸はあの変な焼き物と交換したのか？」

「そうなってしまいましたね。萌美少女盃はあげたつもりだったのですが」

「ぬはははははははは、笑うしかないな。常陸の趣味嗜好《しこう》が世界を侵略するか、ぬははははははっ」

信長《のぶなが》が大笑いをしているのに対して、お初は眉間にしわを寄せ、

「あんなのをこんな綺麗な物と交換……複雑な気持ちだわ」

「あんなのって酷《ひど》いな」

お初は一際大きなオパールを手に輝きを楽しんでいた。

萌世界侵略。

「俺のいた時代でも日本発祥『萌え』は世界共通語になりますから。楽しげな絵なら受け入れられると思っていましたが、特にアボリジニは絵で文化を残してきたので、受け入れやすいかな？　と」

信長に説明すると、隣でお初が頭を抱えだす。

「こんな物で土地を譲り受ける交渉をすることになるなんて間違ってるわ」

「そう言うなって」

城に戻って、桜子《さくらこ》と梅子《うめこ》に、

「はい、これ、お弁当の報酬」

親指の爪ほどの大きさのオパールを一つずつ渡すと、

「えっ、私達《たち》はいつものことをしただけですのに」

「まぁ、そう言わないでお土産だと思って取っておいて。常陸に戻ったら職人に簪《かんざし》か櫛《くし》にでも埋めて貰って髪飾りにしたらどうかな？」

「こんな綺麗な不思議な石、すごいのです」

桜子も梅子も、太陽光を受けてキラキラと七色に輝く石に魅了されていた。

「研磨すればもっと綺麗に輝くはずだから、帰ったら試してみような」

「そんなに綺麗に輝くなら鍔《つば》の飾りにでもしようかしら」

お初《はつ》らしい答えだった。


織田《おだ》信長がオーストラリア大陸まで来るのに時間がかかったのは、ニューギニア島の東西の半島・岬を占領したのち船を出したところ、どうやら違う島に到着したらしいと気づいたからだった。地図を見ながら話を聞くと、ニューカレドニア島だったという。

なんでそんなところに流れ着いてしまったのやら？

「まあ、この辺りは島が無数に点在してますから。で、ニューカレドニア島は？」

「小さな島だったので制圧してきた」

「ですよね～。ニューカレドニア島取るならタスマニア島とニュージーランド島を取りたいところですが、そろそろ弾薬等も心許《こころもと》ないですよね？」

「あまりないな、帰りを考えると使わずにおきたい」

「南蛮船と出くわしたら撃ち合いになることを考慮しないとですからね。こちらの派手な動きに感づいていてもおかしくないので」

「だな。補給路を確実に作り上げねばただ上陸しただけとなり奪われかねぬ」

「目的は日本国として占領することですからね。こんな広大な土地、今じゃないと手に入れられませんから」

「うむ。そうであるか。ならば残す弾薬を考えるとほとんどない」

「うちの船のがまだ少しあるのでそれを残しますよ。上陸のときに撃っただけなので」


信長と話を進め滞在する兵と帰国する者を分け準備を始めて約1週間、大黒弥助がアボリジニ30人ほどを連れて草原の机と椅子のところで会いたいと言ってきたので、そちらに出向く。

「常陸様、この者達、常陸様が持ち込んだ、その何というのか美、美少女陶器？　と酒ですか？　大変気に入ったとのことで、その陶器などくれるなら海に面した土地は渡すと。それに大砲で脅したのですか？　雷を放つ者を敵にはしたくない、仲間になっても良いと申しておりますがいかがしますか？　この者たちは族長。日本の文化の高さから常陸様、いえ上様の国を恐れている様子でございます」

弥助が説明をしてくれる。

「あれで良ければ構わないよ。出来れば、あれと物々交換で金やオパール、そして様々な地下資源をいただければ良いのだけど」

それを通訳する弥助。

「合意するとのことでございます」

後ろでそれを聞いていた信長はなにやら笑いをこらえているのがわかるが、まあ良いだろう。

彼らは文字を持たない文化なのだが俺はいつものように神文血判を作る。

『1592年8月25日

日本国はオーストラリア大陸を日本国と宣言する。

日本国は交易を以《もっ》てオーストラリア大陸の土地を譲り受ける。

日本国はアボリジニの文化を尊重する。

日本国はアボリジニの聖地を犯さない。

日本国はアボリジニを日本国の一員とし同等の扱いをする。

以上、五か条を武甕槌大神《たけみかづちのおおかみ》に約束する。

右大臣黒坂常陸守真琴《くろさかひたちのかみまこと》

日本国王・織田信長　』

それを通訳してもらいアボリジニの代表に渡し族長全員が親指で血判をしてくれると、最後の一人が文字の代わりにカンガルーを描いてくれた。

まあ、紙きれ一枚の約束事なのだが、こういうのは実は後世で役に立つことがあるから大事に取っておく。

「常陸、これに意味はあるのか？」

「俺が生きた時間線とは逸脱しているのでわかりませんが、未来で国際裁判、国同士の争いを解決する場でこういう物が役に立つこともあるんですよ。未来永劫《みらいえいごう》支配するなら必要かと」

「常陸がそう言うならそうなのだろう。常陸に預ける」

「幕府で管理して下さい」

「常陸が持っていろ」

目力に圧倒され渋々受け取る。

仕方がない、鹿島神宮にでも預けておこう。

一応この日、オーストラリア大陸は日本国になった。

◇◆◇◆◇

「常陸、このオーストラリア大陸の統治を任せたい」

俺と信長は大地に沈む壮大な夕日を見ながら酒を酌み交わす。

周りではカンガルーが跳ね、わけのわからぬ生き物の鳴き声が聞こえる世界。

「ちょっと、俺はこれ以上の領地を、欲しいとは思わないし、茨城城に帰りたいんですけど」

「はははははは、常陸は名目上の役職にいくつもついているではないか？　なにを今更言っている」

そうだ、俺は副将軍・造幣方奉行兼安土《あづち》暦奉行で右大臣で常陸守。わけがわからないくらい官位役職に就いている。

褒美なら俺は領地より官位役職のほうが嬉《うれ》しいくらいだ。

領地など自分の家族が衣食住に困らず、そこそこ贅沢《ぜいたく》出来ればそれで良い。

「それに常陸はどうやって統治すれば日本に有益になるか既に考えているのであろう？　なら、もはや決まりではないか。よってオーストラリア大陸統制大将軍とする」

「すみません、その役職名長いです。俺の時代にはオーストラリアは豪州と言われますから豪州統制大将軍のほうがって、あぁ引き受けることになってしまった」

「ぬはははははははっ」

「仕方ないですね。引き受けますが、俺が統治するなら説得してほしいと言うか命じてほしい人達がおりますが良いですよね？　こんな広い大陸、うちの家臣だけでは無理ですから与力を下さい」

「好き勝手に言えるのは常陸だけだな。ぬはははははっ。あぁ、良いだろう。豪州統制大将軍の常陸の与力になるように命じよう。だが、先《ま》ずは日本に帰るか」

「そうですね、皆心配してますし、色々しないとならないことがあるので帰りましょう。あぁ、滅茶苦茶《めちゃくちゃ》忙しい人生になってきたな……」

「常陸ほどの者に楽隠居などさせぬぞ。世界を目にするという儂《わし》の野望に付き合わせる」

「ほどほどにお願いしますよ」

「そう言いながらしたいことが頭にはあるのだろう？　儂にはわかるぞ」

「まぁ……今なら色々間に合うかなって少し考えはありますけどね。そのためにはもっと頑丈で多くの船を用意しないと。鉄鉱石と石炭はここで採掘できるからそれを利用すれば……」

「で、どこを目指す？」

そう言う信長は、俺が描いた世界地図を精巧に小さくして作らせた扇子を開いてみせた。

「ここです」

「ぬははははははっ、この大きな海を渡るか？　良いぞ良いぞ、面白い、実に面白い」

珍しく上機嫌に織田信長は酔っていた。

帰る仕度を整え、俺は西にいるはずの宗矩《むねのり》に向け1隻向かわせ、引き続き統治するように命じる。

上手《うま》くいっていると良いのだけど。

オーストラリア大陸・ニューギニア島・ニューカレドニア島などの守備の戦艦を残し、15隻で日本に向けて出航した。

「珍しいわね、旅で側室が増えなかったなんて」

離れるケアンズ城を見ながらお初は言う。

「あのな、別に俺が自ら望んで手を出しているわけではないって……あっ」

「なに？　私の気が付かないところでアボリジニと呼ぶあの者達の娘に手を出したの？」

「違うって、トゥルック達のこと」

「幸村《ゆきむら》に任せておけば大丈夫よ。それに彼女、私に似ているし」

「お初に似ている？　トゥルックが？」

胸を見ながら言ったら尻を蹴られた。

「馬鹿、心の話よ！　彼女は私に似て強い女子です。心のね。愛してしまった人を信じる心があるから、きっと大丈夫です」

お初は自分が俺への愛を口にしたことに照れていた。

相変わらずツンデレなお初。

頬を少しピンクに染めピクピク引きつらせているお初の横顔だったが、目線は強く北を向いていた。

その力強い目線が俺の不安を打ち消してくれた。

そうだな、家族を、そして家臣を信じよう。

◇
◆
◇
◆
◇

俺の肩書き、官位役職は従二位右大臣・豪州統制大将軍兼造幣方奉行兼安土暦奉行に進化した。

オーストラリア大陸の統治と開発のため、与力にしたい人物を数名考えている。

織田信長《おだのぶなが》の命なら絶対に逆らわないだろう人物だ。

「で、誰を与力に命じるのだ？」

帰国にかかる1ヶ月、島々に寄りながら北上する。

織田信長の巨大戦艦KING・of・ZIPANG・Ⅱ号に乗船している。

母島も過ぎ大坂港まではもう少しの船内、そこで与力にしたい者の名を聞かれた。

「前田利家《まえだとしいえ》、蒲生氏郷《がもううじさと》、伊達政宗《だてまさむね》、そして羽柴秀吉《はしばひでよし》です」

「なに、4人もか？」

「少ないくらいですよ。腕っ節が強く信頼出来る前田利家、戦上手の羽柴秀吉は欠かせません。それに蒲生氏郷は統治能力、城造りで信用出来ますからね。羽柴秀吉には大勢の力の余った家臣がいるはずなので、それをオーストラリア大陸に送って働き手にしたいです。前田利家は戦の他に算術が得意だし、何より裏表がなくて誠実ですからね、新天地統治で食料の振り分けなど公平にしてくれそうだし、武器弾薬の手配とかして貰《もら》いたいので。伊達政宗は俺の直属にして支配地の整備に使いたいと思います。前田利家は息子利長《としなが》に家督を譲り、加賀《かが》を任せるならば返事は問題ないと思うし、伊達政宗は海外に興味があるので俺との同行には問題ないはずですが、羽柴秀吉が問題なんですよ。実子がいないし、九州から羽柴家そのものを移らせたい」

「なるほどな、だから儂が命じるのだな？」

「はい、信長様の命なら動きますからね、よろしくお願いします。それとスペインと言うかローマ・バチカンに使者を出したいと思います」

「バチカン？」

「スペインとかの親玉的な存在のローマ法王に使者を」

「なぜだ？」

「オーストラリア大陸等々を日本国にしたことを伝えるのと、グアム島・サイパン島での補給寄港地の正式な許可を貰うためです」

「なるほどな、そこまで考えているなら使者を誰にするかも考えているのだな？」

「使者は高山右近《たかやまうこん》」

　俺の元与力で、今は父島で働いている高山右近。

「あやつか。生かしておけと申したから首をはねなかったが、なるほど、そこまで考えていたか？」

「先のことまでは考えていませんでしたよ。ですが、俺の知っている時代線でも、豊臣《とよとみ》秀吉、伊達政宗、徳川家康《とくがわいえやす》が使者を送っていますからそろそろ頃合いかなと。初めての使者としてキリスト教信者の高山右近は適任者だと思うんですよ。それに相手側としては敵と捉えて宣戦布告の使者になりますから、あまり近しい人物は避けて……いや、むしろ宣戦布告の使者になると思いますよ。高山右近が連れてくるかも」

「高山右近が連れてくると予想しながら向かわせるのだから南蛮と一戦交えたいのだな？」

「交えたいわけではないですが考えなくてはならないかと。今間違いなく世界最強であるうちに叩《たた》きたいとも思うんですよ。さすれば日本国は一目置かれる国になるかと」

「壮大なことを考えているな。常陸《ひたち》を雇ったことは本当に良かったわ。儂なら唐天竺《からてんじく》を目指すくらいしか思い付かなかったがな」

そう言って信長は近付く大坂城を眺めていた。

1592年10月3日

大坂城港に入港するが俺は補給だけをし、急ぎ常陸国鹿島港を目指した。

半年でオーストラリア大陸を日本にする初手を打ったので次の準備を早急に開始しなければならない。

そのために急いでいるのは事実だが、それだけでなく船に乗せてきた動物が限界にきているという事情もあった。

狭い船内に閉じこめられたストレス。

おじさんみたいに動物は寝転がってばかりはいない。

跳ねて暴れてる。

「なぁ、お初《はつ》、無理に連れてこなくても良かっただろ？　カンガルー5匹にウォンバット7匹も」

「姉上様達《たち》にも見せたいじゃないですか。本当はコアラを連れてきたかったのに、食べ物があの木の葉しか食べないって偏食すぎて」

コアラは数種類あるユーカリの葉しか食べない。

確かに偏食すぎる生き物だ。

「私は捌《さば》いて食べたほうが」

と、梅子《うめこ》が言う。

「うん、食べるのは弱ってからにしような」

今回、カンガルーとウォンバットと陸ガメがお土産だ。

一応ペットの予定。食料の予定ではない。

俺はそれぞれ番《つが》いで良いと考えていたが、お初が多く乗せた。

それが檻《おり》を壊しそうなくらい暴れている。

鹿島港を出発したときは3隻だったが1隻のみで帰還。

沈没したわけではなく、1隻はオーストラリア大陸西側に行った柳生《やぎゅう》宗矩、1隻はケアンズ城留守居役に任命した佐々木小次郎《ささきこじろう》に任せてある。

他にも信長直轄艦隊がその下に付いて残っている。

もし俺の不在時に南蛮の国の船が来たとしても一戦は交えることが出来るだろう。

織田信長も大坂城港で造らせている船を急がせて俺に配備してくれると言っている。

次の出航に合わせていろいろ準備をしなければならない。

アボリジニと約束してある常陸萌《もえ》陶器、伊達政宗への同行命令、ログハウス城からちゃんとした城にするための建築資材、大工の手配、ケアンズ城に補充する武器弾薬、などなど大仕事だ。

そんなことのメモを取りながら進む船は3日後、無事に鹿島港に帰還した。

勿論《もちろん》今回も何事もなかった航海に感謝をするため、鹿島神宮に参拝した。


鹿島からは陸路を進む。

カンガルー、ウォンバット、陸ガメを籐《とう》丸籠に入れて運ぶと街道では人だかりが出来る。

うちの領民達が、

「殿様、なんでございますか？　その生き物は？」

「オーストラリア大陸という新しく手に入れた異国の生き物だ。いずれは皆に見せられるようにしたいと思うから今日は通りすがりで見てくれ」

俺は動物園と言うか保護施設を構想している。

この世界に来て、ニホンオオカミと朱鷺《とき》を見たからこそ考えている。

今回は平成でも生きている生き物なので参考にはならないだろうが、少しずついろいろな生き物たちを保護したい。

大航海時代から産業革命が起きる時代に多くの生物が滅亡している。

今の俺ならそれを助け、後世に残すことが出来るのではないかと、考えている。

古代から続く文明だって、滅亡させられたばかりだから、その直系子孫がいるはず。

伝聞であれ文化はまだ忘れられていないはず。

復興の可能性があるはず。

そんなことを考えながら変わらない茨城城に入ると、俺を出迎えるより武丸《たけまる》、彩華《いろは》、仁《に》保《ほ》はカンガルー、ウォンバットに走り寄っていった。

率直に悲しい。

「「「「おかえりなさいませ」」」」

茶々《ちゃちゃ》達はちゃんと出迎えてくれた。

お江《ごう》、小糸《こいと》、小滝《こたき》、ラララ、リリリ、鶴美《つるみ》は大きなお腹《なか》を抱えていた。

「ははは、みんな妊娠したのか？」

冬、俺は体調を崩したあと回復しても仕事が減らされていた。

その間、子作りに励んだから当然の結果だ。

「右府様、おかえりなさいませ」

「あっ！　松《まつ》様、もしかして、また手伝いに来てくれたんですか？」

「ええ、お市《いち》様に頼まれました。常陸に来ますとおもしろい物が見られますから、喜んで引き受けたのですが、今回も期待通りで異国の生き物なんかを見られるなんて、素晴らしいです。ね、千世《ちよ》、凄《すご》いですね。どんな味がするのでしょう」

松様も当然のごとく俺が食べるために連れてきたと思っているようだ。

「母上様、可哀想《かわいそう》ですよ」

「あの、松様、その大陸開発の一人に前田利家殿の名をあげたので、この生物たちが多く住む大陸に行くことになるかとって言うか松様からも利家殿を説得してほしいのですが」

「あら？　そうなの？　大丈夫、うちの殿は、上様の命なら何が何でも従いますわよ。楽しみだわ」

松様、好奇心旺盛なおばさんだ。

不安はないのだろうか？　それよりも、

「茶々、次の渡航に向けて準備がいろいろ必要なのだ。すぐに取り掛かってくれ」

「わかりました。ご指示下さい」

城に入って先《ま》ずは伊達政宗に書状を書いた。

『奥州探題・伊達藤次郎《とうじろう》政宗
新たに占領した大大陸オーストラリアの開発者として次の渡航に同行を命じる。

オーストラリア大陸に今よりも大きな領地を授ける。

しかと、準備せよ。

豪州統制大将軍・右大臣黒坂常陸守《くろさかひたちのかみ》真琴《まこと》』

書状を書き、伊達政道《まさみち》に使者になってもらい持って行かせた。

前田利家、羽柴秀吉、蒲生氏郷は信長に任せる。

俺が命じるより、そのほうが良いだろう。

そして、他も準備。

常陸萌陶器大量発注、食料の手配、左甚五郎《ひだりじんごろう》大工集団手配とドーム型住居パネルの手配、
移住希望家臣家族手配、武器弾薬手配などを茶々、力丸《りきまる》、宗矩《むねのり》と手分けして大仕事。

手配中に俺は慶次《けいじ》と茨城城城下の北東湿地帯の外郭《そとぐるわ》に向かった。

「慶次、ここに水堀の郭を一つ頼む。動物達が逃げ出さないようにな」

「あの腹に袋がある、なんとも歌舞いている生き物のためにですね？　武丸様がカンガルーとやらに乗ろうと奮闘してたが蹴られていたぜ。それでもめげずに乗ろうとしているんだから武丸様は相当の歌舞伎者ですぜ」

「あっ、うん、武丸には注意しといた。むすっとしてたけど」

「ぬはははははははっ、口数の少ないところは茶々様に似られたな。ぬはははははははっ」

本当に、武丸の物静かなところは茶々そっくりだ。

そして何事にも動じない肝の据わったところも。

そんな武丸は自分より大きな生き物に乗りたいという変な趣味を持っている。

チャレンジ精神旺盛？　なんにでも手を出して学んだ俺の幼少期に似ている。

ウォンバットは彩華、仁保、那岐《なぎ》、那美《なみ》がお気に入りらしく、いつも追いかけ回しているし、陸ガメには北斗《ほくと》が乗っていた。

陸ガメ、オーストラリアにはいなかったような気がするが、いつの間にやら船に乗っていた。

どこで捕まえた？　船の中で気にしていたら、

「儂《わし》が貰《もら》ったが、武丸にくれてやる」

「うっ、孫に変な物を与えるお祖父《じい》ちゃん……」

「ぬははははははっ、ぬはははははははっ」

織田信長《おだのぶなが》は豪快に笑っていた。

ニューギニア西側を織田信長が占領したときインドネシア諸島の住民達が贈り物としてくれた奴《やつ》らしい。

のそのそ動く陸ガメを武丸より北斗が気に入ってるみたいだ。

よちよちと一生懸命甲羅に上ろうとする北斗の尻を武丸が押し上げ、北斗は甲羅に座って一日中降りようとしない。

桃子《ももこ》が苦笑いして困っていた。

「あいつら暖かい場所を好むから、城から温泉を引いて地中に管を入れて温めてやってほしい」

「わかりました。さっそく造らせましょう。そして生徒達に世話をさせて町民にも見せてやりますぜ。異国の生き物、さぞ賑《にぎ》わうことでしょう。良い儲《もう》けが出る」

「いや、無料で見せてやって。これも異国を知る勉強だからね」

「そうですか？　もったいない」

北東外郭には3ヶ月後には希望した物が出来上がる。

そこを領民に開放する。

ただ、毎日何百人も押し寄せると動物達もすぐに疲弊して弱ってしまうため、1日おきに50人限定で予約制で見学をさせる。

予約はあっと言う間に3年先まで埋まった。

動物達の世話は女子学校の生徒に基本的にはまかせるのだが、意外にも武丸は率先して干し草を運んだり糞《ふん》を片付けたり、小さい体ながら自ら働いていた。

「父上様、もっと連れてきて下さい。もっともっとです」

「はははは、あぁ、良いとも、珍しい生き物がいたら連れてこよう。カンガルーに蹴飛ばされるなよ」

見ていると武丸の後ろにピッタリ付いているタロとジロが何やら守っている様子。

蹴られそうになる瞬間、タロが武丸の襟を噛《か》み摑《つか》んでうしろに倒し、ジロがカンガルーを威嚇していた。

良いコンビネーションだ。

「父上様、私は可愛いのが良いです。モコモコしたの」

「私もモコモコしたのが良いです」

彩華と仁保がねだってくる中、陸ガメの背に乗ってのそのそと横切る北斗は大量のオシッコの音に驚き泣いていた。

生き物は子供の教育にやはり良いのだろう。

優しい心が育つかな？

１５９２年12月24日

お江、小糸、小滝、ララ、リリリ、鶴美は何かの力が働いたのか？　と疑問に思うほど一斉に朝から産気づき、城内はてんやわんやの大騒ぎ。

俺は流石《さすが》に慣れ、一人、城内の祭殿で祈る。

「祓《はら》い給《たま》へ清め給へ守り給へ幸与え給へ、武甕槌《たけみかづちの》大神《おおかみ》よ我妻達《たち》の無事、我が子の無事どうかどうか願い奉る。母子共に無事でありますように、ただただ、それだけをお願いつかまつります」

珍しく雪の降る、平成時代ならホワイトクリスマスなどと喜ばれる日、６人は一斉に出産した。

夕方には産所も落ち着き、寝所に移ったから会えるとお初《はつ》が教えに来てくれた。

そちらに会いに行くと、

「マコ～褒めて」

ちょっと力なさげに言ってくるお江。

「ああ、皆無事に産んでくれてありがとう、本当にありがとう」

「でれすけの子産めた。私とでれすけの子」

「右大臣様の子を産めたこと、この生涯の喜びにございますでした」

「やっと産めましたでありんす」

「可愛い女の子だっぺテへ」

鶴美は疲れ果てたのか寝ていた。

「鶴美殿は小さな体で負担が大きかったのでしょう。ですが、大丈夫ですよ」

「松様、今回も本当にお世話になってすみません」

「前にも言ったでしょ。常陸《ひたち》様は右大臣様、家臣に命じるように私にだって偉ぶって命じて下さい。さて、名付け上手だと耳にする常陸様のお手並み拝見」

「ははははっ、名付け上手などではないですけどね。皆に名を。お江が産んだ男の子を香取神宮の神にあやかり『経津丸《ふつまる》』、小糸が産んだ男の子を息栖《いきす》神社の神にあやかり『久那丸《くなまる》』、小滝が産んだ女の子を大洗磯前《いそさき》神社の神、大国主の別名にあやかり『八千《やち》』、ララが産んだ女の子をハワイの神の名から『カーネ』、リリリが産んだ女の子をハワイの神の名から『ラカ』、鶴美が産んだ男の子を酒列《さかつら》磯前神社の神からあやかり『須久那丸《すくなまる》』とする。皆、神様の御加護の下すくすく育つことを願って名付ける」

「読み方は今回は少し難あるけど、やっぱり意外にまともな名前を付けるわよね」

いつものごとく、お初に言われてしまった。

流石に三太九郎諏《さんたくろうす》などは考えてはいない。いくらクリスマスだからってね。

松様は寝る子供達を気づかって小さくパチパチと拍手をしていた。

今年は賑やかな年越しになりそうだぞ。


出産ラッシュが収まった12月27日、伊達政宗《だてまさむね》が来城した。

「先ずは、おめでとうございます。これは祝いの品、どうかお受け取りを」

巾着袋6袋が出されたので中を確認するのに紐《ひも》を解くと、溢《あふ》れるほどぎゅうぎゅうに詰められた砂金。

「ありがとうございます。気を使わなくて大丈夫なんだけどな。二人の仲で水臭いでしょ」

「いやいや、受け取って貰わなければ」

「一度出した物を引っ込めることが出来ない伊達男《だておとこ》、わかっていますよ。オーストラリア大陸渡航で何かと物入り。子供達も一度にこのように大勢生まれたので、ありがたく使わせていただきます」

「本日はそのことで御相談したきことが」

「ん？　もしや嫌だと？」

「まさか！　異国に行くことは夢に出てくるほど思い描いていたこと、それが叶《かな》うのであればどのような地だろうと行きたいと思いますが、妻・愛《めご》も同行してよろしいでしょうか？　側室には子が生まれましたが愛にはまだで、異国の地に長居するなら連れて行きたいと思います」

伊達政宗の長男、兵五郎《ひょうごろう》は側室の子。史実歴史線では宇和島藩初代藩主・伊達秀宗《ひでむね》に成長する。

「なるほど、今回は兵達も移住を考えられる夫婦が良いので当主自らがお手本になるのが良いかと思います。船は1隻分200名をお考え下さい。南蛮型鉄甲船1隻をお譲りするつもりで手配中なので」

「え？　よろしいので？」

「うちのお古ですけどね。しかし、しっかり造られた船、まだまだ航海に耐えられます。その船をお譲り致します。うちは今建造中の新型戦艦を3隻、信長様からもらい受けることになってますから」

大坂城港では急ピッチで造船がされている。

巨大戦艦KING・of・ZIPANG・Ⅱ号と同型戦艦が現在6隻建造中。その3隻を俺が貰えることになっている。

北へ南へ行く俺には必要だろうと言う織田信長。

常陸国でも自前で南蛮型鉄甲船を造ることを考え、幕府の許可のもと日立城と鹿島城に大谷石《おおやいし》を使って造船所を造るよう藤堂高虎《とうどうたかとら》に命じたが、しばらくはかかりそうだ。

「大きな大きなオーストラリア大陸を日本として発展させるためには移住者が必要ですから、人選に気をつけて下さい。体の丈夫な若者が良いでしょう」

「はっ、心得ました」

「それと、兵五郎殿にうちの娘を輿入《こしい》れする約束をしたいと思いますがどうですか？　兵五郎殿は1歳、うちの娘もまだ小さいので具体的にどの姫とは言えませんが、それなりに大きくなった後に見合いをして気が合った姫との婚姻、いかがですか？　これを決めておけば伊達家としては少し安心でしょう。幕府には俺から許しを貰いますよ。異国開発に出向くのですから家が安泰となるよう許しは出されるはずです」

「そんな、よろしいのでございますか？　当家としては願ったり叶ったりの有り難きことにございます」

「出来れば、これから生まれる愛さんのお子の長女と次男の婚姻も、うちの子供達でどうですか？」

「えっ!?」

「あっ、やってしまった……陰陽道の占いの結果です」

陰陽道で誤魔化そう。

「愛に子供生まれますか？　そうですか、そうですか、常陸右府様の占いでそう出ているなら励みになります」

伊達政宗の妻・愛は幼少から政宗とは同居しているが、なかなか子が出来ない。

しかし、ちゃんと子供は生まれ、嫡男として仙台藩二代目藩主を継いでいる。

子供の作り方間違っているのでは？

違う穴にでも入れてない？

などと思ってしまうが、側室には子供が生まれたのだから間違っていないはず。

「では、政宗殿、出航までおよそ半年、滞りなく支度をして下さい。なにかあれば飛脚で手紙を。遠慮なく聞いて下さい」

「はっ」

この夜、いつものように政宗とは鮟鱇《あんこう》鍋を囲みながら酒を酌み交わしオーストラリア大陸のことを語り明かした。

そして翌日、二日酔いでふらふらしながら帰って行った。

俺はうちの刀鍛冶に命じて一振り打って貰い、それを鹿島神宮でお払いして守り刀として伊達政宗に贈った。

兵五郎の子が元気に育つようにと願いを込めて。

今年は出産ラッシュで慌ただしいため、家族や重臣だけでなく学校の生徒の手も借り、年末恒例の餅つきをした。

若い女子達が杵《きね》の合いの手をした餅、女子校生がこねた餅……さぞ、美味《おい》しいだろう。

「真琴《まこと》様が考えていることは大体想像出来るけど、毎年、私達がこねていたのだからね。鼻の下伸ばして眺めてないで真琴様もしっかり搗《つ》きなさい」

お初に叱られてしまった。

確かにうちの妻達、若いから何も変わらないか。


大晦日《おおみそか》、俺は茨城城天守最上階に茶々《ちゃちゃ》、力丸《りきまる》、そして国友茂光《くにともしげみつ》を呼んだ。

国友茂光には先にある物を秘密裏に作らせている。

それが完成したので披露する。

「殿様、設置完了しました。始めます」

国友茂光は、その用意してきた物を火鉢の上で温め始める。

頼んだ物、温めている物、それは『ヘロンの蒸気機関』だ。

蒸気機関の最初の物、今のうちの技術なら簡単に作れるはずだと思い、昔、教科書で見たのを思い出しながら設計図を書き国友茂光に渡しといた物。

中の水が沸騰すると、上部の球体はお湯が沸くとピーピー鳴るヤカンのような音と蒸気を出し回りだす。

「おっ、お〜、これは凄《すご》い」

珍しく力丸がテンション高く驚く。

「何で回るんですか？」

茶々は不思議がっている。

「これは蒸気機関と言う。蒸気の力で動く物だ。ただ、これは実用的ではない。実用的なピストン運動型蒸気機関の設計図は俺も詳しくは覚えていないが、原理がわかるので国友茂光に伝えてある」

「で、それを作りたいのですね？」

「あぁ〜、俺が異国に行っている間にも開発を続けてほしい。そのために、茶々、力丸には予算の調整と、秘密裏に作れるよう手配を頼む」

「秘密裏に？」

力丸が少しだけ怪訝《けげん》な顔をした。

力丸は俺の与力。幕府からの目付役であり、直臣ではない。

「あっ、信長《のぶなが》様は御承知だから安心してくれ、この技術の応用で船を走らせる力があることは伝えている。信長様が生きてるうちに見たいとは言っていたが、難しいだろうとそのときは伝えた。だが、どうしても早く開発しないとならない状況になったので、金がかかろうとも推し進める」

「え？　これで船を進めるって？」

「極端な表現だが、蒸気機関で水車を回す。その水車を船に付けると風がなくても船は進む。外観はこのような船だ」

江戸幕末、アメリカから日本に来た外輪式推進装置が付けられたサスケハナ号のイラストを見せると、目の前で回っている『ヘロンの蒸気機関』を3人はじっと見て、

「この原理で水車を回して船を進ませる。凄いですわね」

「そうだろう。風任せ、海流任せの船から先に進む。これは日本が世界の覇者になるためにものすごく大事な技術だ。どこの国よりも早く成功させたい」

「わかりました。すぐに秘密裏に開発出来るよう私の城、宇都宮城内に工房を造りましょう」

「留守中頼んだぞ、力丸、茂光。目標は3年で小船を動かしたい」

「はっ」

「茶々、すまぬがこれに関しては金は制限なく使って」

「はいはい、お金のかかることばかりで大変ですが、なんとか融通しましょう。樺太《からふと》から食料の代金として届いた砂金回して良いですわね」

北条《ほうじょう》だけでなく、トゥルック達《たち》アイヌ民に送っている米などの代金は樺太で採れた砂金

で送られてきている。

無償の援助物資のつもりだったのだが、北条氏規《うじのり》は武士の意地、トゥルック達は約条通り対等な関係を守って貸し借りなしとするために送ってくれた。

「あぁ、使ってかまわない。樺太と行き来する船にも使える。未来への投資だ」

「私もいずれこれで動く船に乗って異国を旅したいものです。ですが今は黒坂《くろさか》家を守るのが私の役目」

「ごめんね、茶々。寂しい思いさせちゃっているよね？」

「真琴様が元気で生きているなら良いのですよ」

茶々が俺の右腕を二人の目も気にせず抱いてくると、力丸と茂光は遠慮して部屋を出て行った。

いや、昼間っからはしないから。


蒸気機関を搭載した鉄甲船を作れば世界を制するのに一歩近づく。

だからこそ開発を急がせたい。

俺は信長とオーストラリア大陸で夕日を一緒に眺めたとき、信長を世界の覇者にすると決めたのだから。

エピローグ

《伊達《だて》家》

オーストラリア大陸へ向かう準備が慌ただしく行われていた。

そんな中、

「儂《わし》も行くぞ、殿」

「成実《しげざね》はならぬ」

伊達成実が伊達政宗《まさむね》に詰め寄る。

「成実は兵五郎が成長するまで伊達家の領地を守って貰《もら》いたい」

「それは御先代様に城に戻っていただき、兵五郎様の御養育共々お願いいたせば」

「父上様からは最早《もはや》、政には関わらぬと既に手紙が届いてしまったわ。一度退いた者が政に手を出せば混乱が生じるとな」

「大殿様……」

「湯治場を繁栄させ多くの領民が喜ぶ顔を見たいだけだと申してはいるが、最上《もがみ》や上杉《うえすぎ》が動いたとき堅牢《けんろう》な砦《とりで》がすぐに造れるよう湯治場名目で堀などを造った町を築いておられる。

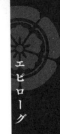

それが父上様の伊達家への思いなのであろう。儂からはそんな父上様に強くは頼めぬ。成実、常陸《ひたち》様も留守となる。そのとき戦が起きたら伊達家は誰が守る？」

「兵五郎《ひょうごろう》様を旗頭として戦場には片倉小十郎《かたくらこじゅうろう》にでも任せれば」

「小十郎は連れて行く。どのような地かわからぬ土地を切り拓《ひら》くには小十郎が適任。成実、わかってくれ。儂は樺太で常陸様に大きな借りを作ってしまったのだ。それをお返しせねば伊達の名に恥ずる。成実は未開の土地で開墾に勤《いそ》しめるか？　相手の土地をその腕っ節で取ろうとするのではないか？　それでは常陸様のお考えとは違うのだ、わかってくれ」

「殿は本当に惚《ほ》れてしまわれたのですね」

「命からがら逃げ惑っているところを助けていただいたのだ。男惚れして当然だと思うがな。成実、もう一度命ずる。留守居役、そして兵五郎の守役を命ずる」

「それに応じなければ伊達家を出て行くしかないと」

「……いや、斬る。成実ほどの者を他には渡せぬからな」

「ぬはははは、笑わせおって、子供の頃から儂に一度たりと勝ったことないくせに。だからこそ心配なのだ、殿のことが」

「なら手合わせをしようではないか。儂が一本取れば成実は留守居役、儂が負ければ連れて行く」

「望むところ」

庭に出て木刀を構えると、政宗はそれまでに見せたことのない二刀流で成実から一本を軽々と取った。

樺太で熊に襲われたことで出羽《でわ》の山で鍛え上げた伊達政宗は太刀二刀を軽々振るえるほどの筋力を付けた。

その筋力は片手で3刀、両手で6刀持てるほどに。

なぜにそこまで鍛えたか？　それは樺太で共にしている間に黒坂真琴が何気なく描いた伊達政宗のイラストを見てしまったからだったが、流石《さすが》に6刀を使いこなせるはずもなく、太刀二刀流を鍛え上げた。

「ふっ、あの負けて泣いていた殿をここまで成長させるか、あの男は……負けは負け、良いだろう留守居役引き受けた。だが、殿、異国で死んだときには儂は兵五郎様を追い出し、伊達家を我が物とする」

その言葉は成実の必ず生きて帰ってこいというなんともへそ曲がりな意味だった。

それに気が付いている伊達政宗は、にやりと笑った。

◇◆◇◆◇

《大黒家《だいこく》》

「父上、留守中に右大臣様に弥美《やみ》を目通りさせましたがよろしかったので？　行儀作法が全く出来てない弥美、あの調子でお会い致しましたが」

　母島城に戻った弥助《やすけ》に弥太郎《やたろう》がそのときのことを説明すると、弥助は、

「オーストラリアで一緒だったが何も言ってなかった。気に入ったのか気に入らなかったのか？」

「なんだか大変興奮しておりましたが？」

「ぬはははははははっぬはははははははっそうかそうか、なら気に入ったのだ。あの方はそういう人だ」

「私は右大臣様の御側《おそば》に仕えさせることは反対です。粗相があれば取り返しが付かないかと」

「いや、大丈夫だ。弥美に使いをさせる。なにやらこの諸島の植物を以前欲しがられていたから、それを持たせて常陸の国に行かせる。そのまま行儀見習いとして学校に入れていただくよう手紙をしたためる」

「しかし、父上、右大臣様は年を気にしておりましたが」

「それも問題ない。前田《まえだ》様の姫が常陸の学校でお世話になっているからな」

「父上がそこまで言うなら私は止めませんが、どうしてあのような格好にあのような言葉を許しているのですか？」

「いつぞや連れてきた異国、ハワイの姫に言葉を教えたらあのようになってしまったのだが、それを常陸様は大変気に入っていたらしい。だから、許している」

「そうでしたか、私にはあの良さはわかりませんが」

◇◆◇◆◇

「きゃはははは、常陸様ぁ～おひさぁ～いえぇ～い」

突如、茨城城に登城してきた大黒弥助の娘弥美に茶々《ちゃちゃ》は目を丸くしていた。

「なんか、来そうな予感はしていたけど、弥助も無理するなぁ」

「はあぁ～い、父上様からの手紙とぉ～、明日葉《あしたば》？　ノニ？　なんかわからないけどぉ～いっぱい植物もたされたぁ～」

手紙には学校入学の願いと植物献上のことが書かれており、側室のことは触れられていなかった。

上手《うま》く断れなくしているな。

側室にと申し出が書かれていたら断れたのに、行儀見習いに学校入学って。

「茶々、あとのことは頼む」

「えぇっと……ラララとリリリに任せて良いですよね？」

あまりのテンションの違いに珍しく戸惑っている茶々に対して弥美は、

「茶々様、よろしくぅ〜」

なぜか顔面横ピースの決め顔を見せた。

「なんで知っているんだろう？」

「真琴《まこと》様、あのような絵姿たまに描いておりましたが無意識だったのですか？」

「あっ！」

「はぁ〜私は頭がズキズキするので休ませて貰います」

「あれ？　茶々？」

入れ替わりにラララが広間に来たので、弥美のことを頼むと意気投合していた。

ん〜このギャルも側室になるのだろうか？

《羽柴《はしば》家》

「母ちゃん、おら〜こんな臭え薬飲むの嫌だみゃ」

「な〜にさ贅沢《ぜいたく》言ってる。おらが右大臣様からいただいてきた有り難い薬だ。子さ作り

てぇなら飲め」

珍しく近江《おうみ》から博多《はかた》の城に行った羽柴秀吉《ひでよし》の母・なかは、石田三成《いしだみつなり》が持ち帰った黒坂家で使われている精力剤を嫌がる秀吉を叱っていた。

「だがよ～こりゃ～臭えよ母ちゃん」

「鼻さ抓《つま》んで一口にごくりと飲め。佐吉《さきち》、ねねさん、秀吉の腕さ押さえろ」

無理矢理飲まされる秀吉だったが、しばらく続くと変化が現れ、自ら飲むようになっていた。

「不味《まず》い～が、もう1杯」

「お前様、毎日少しずつにして下さい。もう薬もなくなりますよ」

正室ねねが毎日煎じ続ける。

「なら、佐吉、常陸様のもとに行って買い求めてくるだみゃ」

「殿、それが右大臣様から新しい物が届きまして、何でも熊の臓物から作られたとか」

「そりゃ、ありがたい。飲むだみゃ……うげぇ～なんじゃこりゃよ～不味い」

「しかし、右大臣様には新しく子がまた出来たとか」

「おらも常陸様に負けねぇ女好きだが、あの方は毎日これを飲んでいるのだぎゃ？」

「あっ、いや、その何でも牡蠣《かき》や切り干し大根なども良いとか」

「おらもそっちのほうがいいだみゃ。なんでこんな不味い薬勧める？」

「それが、その前田様の嫡男もお子が出来なかったそうですが、右大臣様が送られた薬を飲んで永姫《えい》様との間に子が出来たとか、ですから霊験あらたかと思われまして」

「なに！　それは真か？　ならば飲まにゃ～」

小糸達《こいとたち》が作る精力剤は、しばらく羽柴家に高く買われることが続く。

茶々が何かと物入りの黒坂《くろさか》家の財源に羽柴家を利用したのを真琴が後に知ると、

「はははははっはははははっ、なんの因果でこんなことになったやら」

と大いに笑ったそうだ。

しかし、薬のおかげか、若々しさが続く羽柴秀吉。

この後、黒坂真琴が思い描く世界で活躍することとなる。

羽柴秀吉には子が生まれるのだろうか？

あとがき

２０２２年、あけましておめでとうございます。

そして『本能寺から始める信長との天下統一７』を手に取っていただき、ありがとうございます。

いよいよ海外編に突入、ここまで書籍化出来たのが本当に嬉《うれ》しく皆様のおかげと心から感謝しております。

織田信長が長生きしたなら好奇心旺盛だから船旅出るだろうな、と昔からドラマなどを見ていて思ったものです。

それを自分が書くなんて思うはずもなく、今この本を書いていて不思議な気持ちです。

そんな私ですが実は、海外旅行行ったことありません。飛行機にすら乗ったことがないのです。小説家になろうから読んでいる方は『えっ？』なんて思っているかも知れませんね。

北は北海道宗谷岬、南は兵庫県までしか行ったことがない私が、樺太《からふと》やオーストラリア大陸を書く、これもまた不思議なことですよね。

小説を書いているということ自体が昔の私から見たら不思議なことなのですが、私の人生の不思議をずっと追い続けたいです。不思議発見！　……怒られそう。

今月は電撃大王で連載されているコミカライズ版の2巻も発売となります。

コミカライズは茶々が大活躍中、可愛《かわい》いですよね。

私自身、毎月、村橋先生から届く原稿が楽しみで楽しみで仕方ありません。

『お～っ、こんな茶々、可愛いなぁ～』

そんなことをいつも思って読んでおります。

是非、皆様もお手に取っていただければと思います。

さて、いよいよ大航海時代に参戦した黒坂真琴と織田信長が次に目指すのは？　ん？

その前にオーストラリア大陸第二弾かな？　ニューギニア島かな？　新しい島？　国？

この物語で織田信長に世界中を旅させたいと思っています。

織田信長の異世界旅行記、そんな物語になりつつありますが、皆様付いてきて下さいね。

8巻出せると良いな……。

次巻でお目にかかれることを願っています。

常陸之介《ひたちのすけ》寛浩《かんこう》

OVERLAP

本能寺から始める信長との天下統一 7

発　行　2022年1月25日　初版第一刷発行

著　者　常陸之介寛浩
発行者　永田勝治
発行所　株式会社オーバーラップ
〒141-0031　東京都品川区西五反田 8-1-5
校正·DTP　株式会社鷗来堂
印刷·製本　大日本印刷株式会社

Printed in Japan ISBN 978-4-8240-0086-6 C0193

オーバーラップ文庫
『大迷宮』のルーツが明かされる
外伝、始動!!
ありふれた職業で世界最強
ARIFURETA SHOKUGYOU DE SEKAISAIKYOU
零
ZERO
[――これは、“ハジメ”に至る零の系譜]
“負け犬”の錬成師オスカー・オルクスはある日、神に抗う旅をしているというミレディ・ライセンと出会う。旅の誘いを断るオスカーだったが、予期せぬ事件が発生し……!?　これは“ハジメ”に至る零の系譜。『ありふれた職業で世界最強』外伝がここに幕を開ける!
著 白米 良　イラスト たかやKi
シリーズ好評発売中!!

オーバーラップ文庫
D級冒険者の俺、なぜか勇者パーティーに勧誘されたあげく、王女につきまとわれてる
この冒険者、怠惰なのに強すぎて――
S級美少女たちがほっとかない!?
勇者を目指すジレイの目標は『ぐうたらな生活』。しかし、勇者になって魔王を倒しても楽はできないと知ったジレイは即座に隠遁を試みる。だが、勇者を目指していた頃に出会い、知らず救っていた少女達がジレイを放っておくハズもなく――!?
著 白青虎猫　イラスト りいちゅ
シリーズ好評発売中!!

オーバーラップ文庫
重版ヒット中!
コミックガルドにて
コミカライズ
連載中!
ブラックな騎士団の奴隷がホワイトな冒険者ギルドに引き抜かれてSランクになりました
The Slave of the "Black Knights" is Recruited by the "White Adventurer's Guild" as a S Rank Adventurer
[その新人冒険者、超弩級]
強大な魔物が棲むSランク指定区域『禁忌の森底』。その只中で天涯孤独な幼子ジードは魔物を喰らい10年を生き延びた。その後、世間知らずなジードは腐敗した王国騎士団に捕獲されて命令のままに働いていたが、彼の規格外の実力を見抜いた王都のギルドマスターからSランク冒険者にスカウトされて——!?
著 寺王　イラスト 由夜
シリーズ好評発売中!!

オーバーラップ文庫
ひとりぼっちの異世界攻略
チートに頼らず、
チートを超えろ――
[“最強”にチートはいらない]
高校生活を“ぼっち”で過ごす遥《はるか》は、クラスメイトとともに異世界へ召喚される。気がつくと神様の前にいた遥は、数々のチート能力が並ぶリストからスキルを選べと告げられるが――スキル選びは早い者勝ち。チートスキルはクラスメイトに取り尽くされていて……!?
著 五示正司　イラスト 榎丸さく
シリーズ好評発売中!!

オーバーラップ文庫
Sランク冒険者である
俺の娘たちは
重度のファザコンでした
コミックガルドにて
コミカライズ
連載中!
最強の娘に愛されまくり!?
将来を嘱望されていたAランク冒険者の青年カイゼル。しかし、彼はとある事情で拾った3人の娘を育てるために冒険者を引退し、田舎で静かに暮らしていた。時が経ち、王都に旅立ったエルザ・アンナ・メリルの3人娘たちは、剣聖やギルドマスター、賢者と称され最強になっていた。そんな娘たちに王都へ招かれたカイゼルは再び一緒に暮らすことに。しかし、父親が大好きすぎる娘たちは積極的すぎて――!?
著 友橋かめつ
イラスト 希望つばめ
シリーズ好評発売中!!

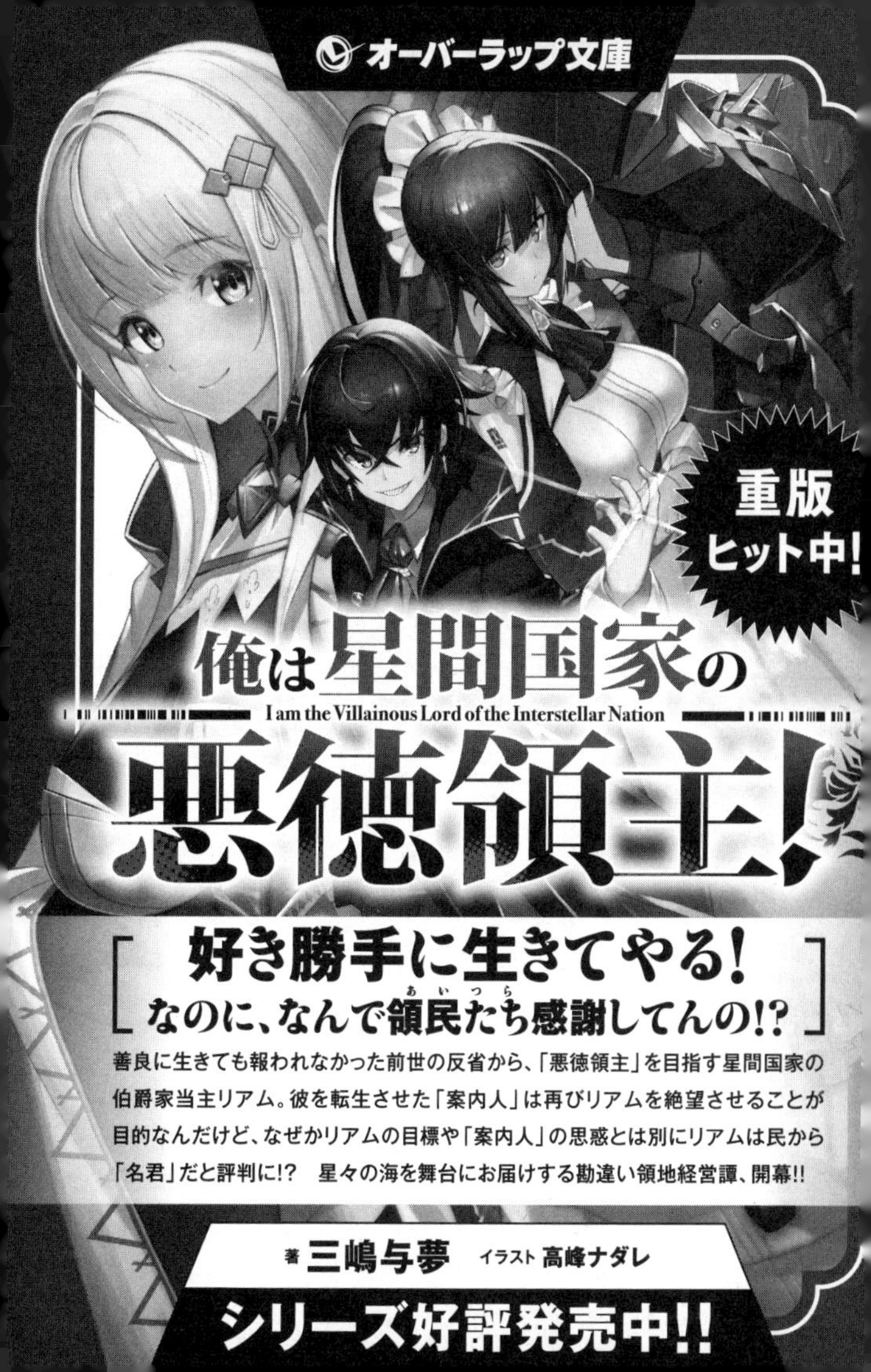

オーバーラップ文庫
重版ヒット中!
俺は星間国家の悪徳領主!
I am the Villainous Lord of the Interstellar Nation
好き勝手に生きてやる!
なのに、なんで領民《あいつら》たち感謝してんの!?
善良に生きても報われなかった前世の反省から、「悪徳領主」を目指す星間国家の伯爵家当主リアム。彼を転生させた「案内人」は再びリアムを絶望させることが目的なんだけど、なぜかリアムの目標や「案内人」の思惑とは別にリアムは民から「名君」だと評判に!? 星々の海を舞台にお届けする勘違い領地経営譚、開幕!!
著 三嶋与夢 イラスト 高峰ナダレ
シリーズ好評発売中!!